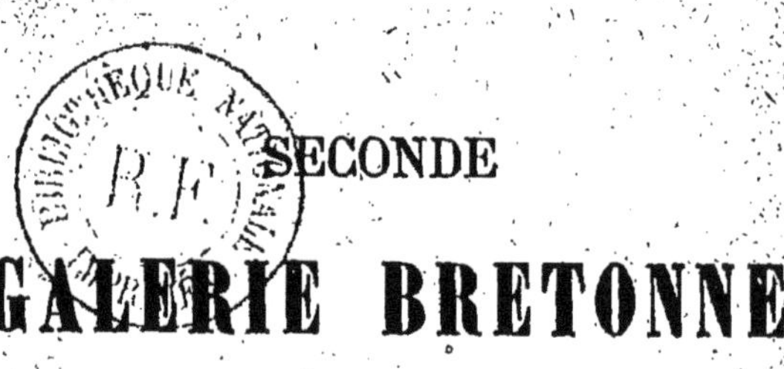



# SECONDE GALERIE BRETONNE

## HISTORIQUE ET LITTÉRAIRE

(Suite et fin).

# SECONDE
# GALERIE BRETONNE
## HISTORIQUE & LITTÉRAIRE

PAR

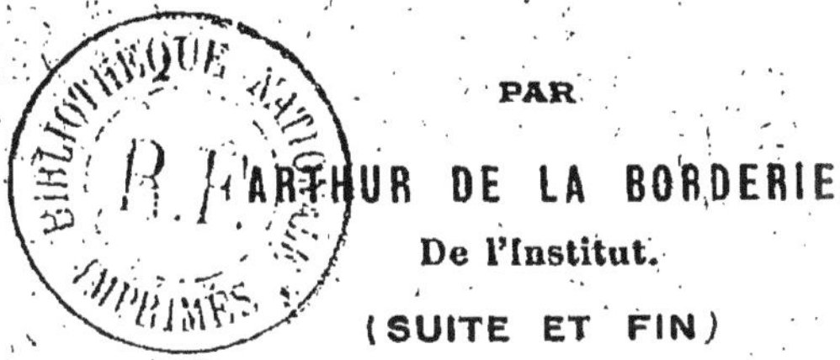


ARTHUR DE LA BORDERIE
De l'Institut.

(SUITE ET FIN)

*Edouard Turquety et son biographe.*

*Le livre d'heures de Pierre II, duc de Bretagne (1450-1457).*

*Les députés bretons en 1789, de M. René Kerviler.*

*Les métamorphoses d'un Montmorency.*

*Jacques Cambry et le vandalisme révolutionnaire dans le département du Finistère.*

*Causerie sur l'orthographe.*

*Saint Melaine, évêque de Rennes.*

*Monseigneur Bouché, évêque de Saint-Brieuc, et sa correspondance.*

RENNES
IMPRIMERIE EUGÈNE PROST
rue Leperdit, 2 bis.

1901

# ÉDOUARD TURQUETY

## ET SON BIOGRAPHE

### I

La Bretagne, qui a produit tant d'hommes illustres dans la guerre et dans l'Eglise, dans les sciences, les lettres, la jurisprudence, le commerce, la marine, a été, en ce qui touche la poésie, moins féconde. Les Bretons de Galles ont eu, au moyen-âge, dans leur idiome national, une floraison poétique touffue et brillante; en Armorique, rien de pareil. Depuis l'âge primitif et légendaire où Merlin l'enchanteur enivrait des sons magiques de sa harpe les fauves de la forêt de Brocéliande, où Taliésin, visitant Gildas, mêlait ses vers héroïques aux harmonies de la tempête hurlant contre les rochers de Ruis; depuis lors, jusqu'à la fin du dernier siècle, si la Bretagne eut des poètes, aucun n'a laissé un nom illustre.

Mais alors cette lacune fut bien comblée. Alors apparut Châteaubriand, qui n'est pas seulement l'une des plus belles imaginations et (malgré sa prose) l'un des plus grands poètes du monde, qui est en outre le père, l'initiateur de toute la poésie, de toute la littérature de notre siècle, — en quoi je n'entends pas comprendre pourtant la fabrique de fumier à l'usage des « nouvelles couches, » décorée du nom de littérature *naturaliste,* et qui s'appellerait plus justement littérature *porcine.*

Mais le grand mouvement romantique, qui malgré son partiel avortement a déterminé le ton, la direction, le caractère, l'originalité de toute la littérature du XIXe siècle, ce grand mouvement est sorti de Châteaubriand.

Le sol qui avait porté l'initiateur ne pouvait manquer de produire des adeptes. Sur la fin de la Restauration et les commencements de 1830, la Bretagne eut, en effet, toute une pléiade de poètes romantiques d'un talent fort distingué, entre lesquels nous nous bornerons à rappeler Boulay-Paty, Péhant, Morvonnais, Louis de Léon, Du Clésieux, Brizeux, Turquety. Dans ce nombre — sans établir aucun parallèle — les deux derniers noms sont ceux qui ont eu plus de retentissement et conservent plus de faveur auprès du public lettré. Aussi est-ce pour ce public une bonne fortune de voir l'un de ces noms donner matière à une étude biographique intéressante [1], pleine de renseignements curieux, de documents nouveaux, propres à faire connaître de mieux en mieux la personne et les œuvres du poète.

## II

Il s'agit de Turquety (Édouard), né à Rennes le 21 mai 1807, mort à Passy le 18 novembre 1867; issu d'une famille rennaise fort honorable et fort honorée, une vieille race d'hommes de loi : son père notaire, son grand-père maternel procureur fiscal de plusieurs juridictions, son aïeul paternel greffier du marquisat de Cucé et de la baronnie de Vitré. Turquety eût donc pu dire (à peu de chose près) comme Boileau :

Fils, frère, oncle, cousin, beau-frère de greffier,
Pouvant charger mon bras d'une utile liasse,
J'allai loin du palais errer sur le Parnasse.

Mais il n'aurait pas pu ajouter :

La famille en pâlit et vit, en frémissant,
Dans la poudre du greffe un poète naissant;

1. *La Vie d'un poète. — Edouard Turquety, étude biographique,* par Frédéric Saulnier. — Paris, Gervais, libraire-éditeur, 29, rue de Tournon, 1885. Un vol. in-18 anglais d'environ 300 pages.

On vit avec horreur une muse effrénée
Dormir chez un greffier la grasse matinée.

Car, après une tentative assez peu sérieuse pour l'engager dans les voies de la magistrature ou du barreau, ses excellents parents le laissèrent sans obstacle suivre sa pente qui le portait, comme Boileau, loin du palais, et permirent à sa muse de dormir ou plutôt de rêver, dans cette étude de notaire, tant qu'elle voudrait. Même, quand Charles Nodier eut sacré poète le jeune Turquety, l'extrême tendresse de ses parents à son égard (ils n'avaient plus d'autre enfant) se changea, surtout chez sa mère, en une sorte de culte mêlé d'un secret orgueil.

La vocation poétique de Turquety ne fut donc nullement entravée ; aussi commença-t-il à rimer très jeune, dès quinze ans, dit son biographe (p. 31). A dix-huit, il affrontait la publicité et écoulait ses rimes dans la revue littéraire de la Bretagne, *le Lycée armoricain;* le plus curieux, dans ces premières pièces, ce sont leurs titres : *Le cheval du soldat mourant, La vierge du prieuré,* etc. Beaux sujets de pendule, dans le goût du temps.

Turquety conta plus tard à son biographe (M. Saulnier) que la faiblesse de ces essais l'ayant découragé, fait douter de sa vocation poétique (il y avait de quoi), il s'était vu sur le point de « tout abandonner. » Heureusement, un de ses condisciples de l'école de droit (le droit est bon à quelque chose), qui devait, lui aussi, devenir un écrivain distingué, Émile Souvestre, le rassura sur sa vocation, le ramena dans les « sentiers du Parnasse » — qu'il n'avait nullement abandonnés. Les eût-il quittés quelques instants, ce n'eût jamais été qu'une « fausse sortie, » et Turquety sans Souvestre se serait parfaitement, à lui tout seul, rassuré sur sa vocation poétique. Mais cet incident eut pour résultat de nouer entre les deux jeunes gens une vive et constante amitié, qui plus tard, entre ces deux esprits originaux doués de hautes facultés littéraires, donna lieu à une correspondance intime, publiée en partie par M. Saulnier, et qui n'est pas l'un des moindres attraits de son gracieux volume.

Turquety se rassura si bien qu'en 1828 il était à Paris, armé d'un cahier attaché d'une faveur bleue et tout rempli d'*élégies*, pour lesquelles il cherchait un éditeur. Ce recueil, amélioré, parut en effet l'année suivante, à Paris, chez Delangle, sous le titre d'*Esquisses poétiques*.

## III

La vie d'un poète, du moins la partie de cette vie à laquelle s'intéresse le public, tournant nécessairement autour de ses œuvres, nous allons donner ici la liste chronologique des recueils de vers successivement publiés par Turquety, et qui jalonnent sa biographie.

En 1829, *Esquisses poétiques*, vol. in-18, édité à Paris par Delangle.

1833, *Amour et Foi* (in-8°, Rennes, Molliex); — 2e édition en 1835.

1836, *Poésie Catholique* (in-8°, Rennes, Molliex).

1839, *Hymnes Sacrées* (in-8°, Rennes, Molliex).

1841, *Primavera* (in-8°, Rennes, Molliex); c'est une seconde édition, fort augmentée, des *Esquisses poétiques*.

1845, *Fleurs à Marie* (Paris, Sagnier et Bray, in-18).

1852, *Les Représentants en déroute ou le Deux-Décembre*, poème en cinq chants (Paris, Le Doyen, in-18 anglais).

Pour compléter la bibliographie de Turquety, signalons deux rééditions collectives d'*Amour et Foi*, *Poésie Catholique* et *Hymnes Sacrées*, sous le titre : *Œuvres d'Édouard Turquety*, publiées à Paris dans le format in-18 anglais, la première par Sagnier et Bray en 1846, la seconde par Bray en 1857, portant sur le titre la mention *cinquième édition*, qui nous semble difficile à justifier. — En 1858, Bray publia un petit volume de même format, contenant un choix extrait de ces *Œuvres*, sous le titre : *Poésies religieuses à l'usage de la jeunesse*. Enfin, en 1869, deux ans après la mort du poète, parut chez le même éditeur et en même format : *Un Acte de Foi, poésies posthumes* d'Édouard Turquety.

En 1829, le poète avait vingt-deux ans. A

cet âge, à moins d'être « enfant sublime » (la place était déjà prise), on n'est pas tenu de produire un chef-d'œuvre. Les *Esquisses poétiques* de Turquety n'en sont pas un, mais c'était déjà plus qu'une promesse. On y lit nombre de jolies pièces, entre autres celle des *Nuits d'hiver,* qui frappa Nodier, et où l'on trouve en partie la couleur, la grâce pittoresque de ce délicieux écrivain, et même un souvenir direct de son charmant lutin d'Argaïl :

L'hiver, prêt à quitter nos campagnes glacées,
Poursuit encor les bois de son souffle vengeur;
Il courbe avec effort leurs cîmes balancées...
Que le ciel soit en aide au pauvre voyageur!

Amis, entendez-vous sur les vitres tremblantes
Passer ces bruits du soir qui font rêver le cœur?
On dirait quelquefois des voix sourdes et lentes,
Mélange merveilleux de plainte et de douceur.

Or auprès du foyer racontez-nous, grand'mère,
Ces magiques récits qui me charmaient enfant;
Dites l'heureux follet, ami de la chaumière,
Qui dans l'âtre fumeux se glisse avec le vent.

. . . . . . . . . . . . . . . .

## IV

Pour l'auteur (et aussi, on va le voir, pour le public), le bénéfice le plus clair des *Es-*

*quisses poétiques*, ce fut les relations que Turquety noua à cette occasion avec toutes les illustrations littéraires du temps, les plus hautes, sans comparaison, de tout le XIX^e^ siècle; Châteaubriand, Lamartine, Hugo (qui depuis..... mais alors!), — quelle trinité! Autour d'eux, Nodier, Vigny, Deschamps, Sainte-Beuve, Gautier, etc., — quelle escorte! Et si de là nous rabaissons les yeux sur nos lettrés d'aujourd'hui, quels nains! — pour ne pas dire, quels cirons!

Turquety, en 1828 et 29, se mêla aux hommes de cette grande époque; il les peignit dans des lettres et des notes, que son biographe publie pour la grande satisfaction du public, car les images et les sensations du peintre sont aussi vives, aussi vraies, aussi originales les unes que les autres. Il y a un portrait, même deux, de Châteaubriand, ni idéal, ni caricature comme a fait Sainte-Beuve, tous deux réels et parlants (p. 64-65). Ailleurs, Turquety nous mène aux réunions du cénacle romantique; il faut citer :

« J'allai hier (8 juillet 1829) chez Alfred de Vigny... C'était un cercle de romantiques. Alfred de Vigny fut on ne peut plus aimable à mon égard..... C'est une chose singulière que la manière dont on fraternise ensemble dans cette école romantique : au bout de quelques minutes je causais avec Vigny comme si je l'avais connu depuis longtemps. La séance fut d'environ deux heures : Victor Hugo pérorait debout au milieu de l'assemblée, et il était curieux de les voir ouvrant les yeux et la bouche devant lui... » (P. 72.)

Est-ce assez cela?... Le lendemain soir, il fut chez Victor Hugo entendre le grand poète lire *Un duel sous Richelieu,* devenu depuis *Marion de Lorme.* Turquety a tracé de cette soirée un très joli tableau, dans une note écrite quelques années après, quand l'enthousiasme du moment était tombé :

« Le salon du messie romantique était curieux à voir. Victor Hugo lisait lui-même et lisait bien. La pièce était intéressante et il y avait où admirer. Mais en ce temps-là la simple admiration était trop peu de chose. Il fallait s'exalter, bondir, frémir; il fallait s'écrier avec Philaminte :

On n'en peut plus, on pâme, on se meurt de plaisir!

« Ce n'était qu'interjections faiblement exprimées, extases plus ou moins sonores... Le petit Sainte-Beuve tournait autour du grand Victor... L'illustre Dumas agitait ses énormes bras avec une exaltation illimitée. Après la lecture il saisit le poète, et le soulevant avec une force herculéenne : « Nous vous « porterons à la gloire! » s'écria-t-il... Emile Deschamps applaudissait avant d'avoir entendu... On servit des rafraîchissements, je vois encore l'immense Dumas se bourrer de gâteaux et répéter la bouche pleine : « Admirable! admirable! » (P. 74-75.)

Le dernier trait de ce tableau et non le moins piquant, c'est que celui qui l'a tracé enchérissait, ce soir-là, sur Dumas :

« L'ouvrage de Victor Hugo est admirable (écrivait-il le 15 juillet 1829) : on dirait un drame de Shakespeare écrit en vers sublimes. L'impression que me fit cette lecture ne sortira jamais de ma mémoire... Tout le monde s'approcha de lui pour le féliciter : je me crus obligé d'y aller à mon tour; *je me contentai* de lui serrer la main et *de lui dire que son ouvrage était une merveille.* » (P. 73.)

Rien que cela! Et dire que le maître, lui, probablement ne s'en contenta pas. Car il était et il a toujours été, en ce qui touche ses œuvres, d'une vanité ridiculement féroce et férocement ridicule, dont Turquety nous cite un curieux exemple :

« Croiriez-vous que pour quelques mots défavorables à Hugo, qui ont été mis dans *la Quotidienne* dernièrement, dans un article signé J. J. (Jules Janin), Hugo a menacé de le faire périr sous le bâton? Voilà ces hommes vus de près... Le bon Nodier n'est pas comme cela : quand je lui parle de ses ouvrages, il semble que je lui parle de ceux du grand Turc. Il est d'une insouciance rare là-dessus; il a toujours l'air de dire : Est-ce que j'ai fait cela? » (P. 83.)

## V

Les *Esquisses poétiques* étaient un heureux début, mais encore avec bien des faiblesses. *Amour et Foi* est l'éclosion complète, même le plein épanouissement du talent de l'auteur. Entre les deux recueils, il y a quatre ans seulement, mais dans ces quatre ans une révolution, qui avait profondément remué, blessé, les sentiments et les convictions intimes de l'auteur[1].

C'est d'après *Amour et Foi* qu'on doit juger Turquety. Disciple de Lamartine, il n'en a pas moins une vraie, une incontestable originalité. C'est un Lamartine hautement et ardemment catholique, dont le premier cri — la dernière strophe de la première de ses pièces — est une aspiration au martyre :

Je voudrais, l'œil aux cieux et la croix sur le cœur,
Porter ma tête haute à l'échafaud vainqueur
Qui n'a d'effroi que pour le lâche,
Et que le nom du Christ consacrât mon linceul;
Je voudrais que ce fût mon dernier mot, le seul
Qu'interrompît le coup de hache!

Si l'âme du poète était ardemment chrétienne, son cœur n'en était pas moins ouvert aux tendres et chastes affections de la terre. Au point de vue de la composition, l'originalité d'*Amour et Foi* est d'avoir uni dans le même recueil (comme son titre l'indique) les *Harmonies* et les *Méditations* de Lamartine, l'inspiration religieuse de celles-là, l'inspira-

1. Moins peut-être par ses conséquences politiques (car la fibre politique chez Turquety semble peu sensible), que par l'explosion d'impiété qui éclata avec la révolution de 1830 et ne put être modérée qu'un peu plus tard.

tion plus tendre et plus terrestre de celles-ci.

La grandeur, la verve, l'harmonie, la grâce, — ces qualités si rarement unies éclatent dans *Amour et Foi*. Dans les odes — car tout est lyrique chez Turquety — dans ses odes religieuses et philosophiques, les idées, hautes et grandes de leur nature, communiquent au style, aux images, à la coupe et à la marche des vers, en un mot à tous les plis du vêtement dont elles s'enveloppent, le même caractère de grandeur. Tout au plus si les élans, si l'impétueuse ardeur de la muse dérange parfois cette ordonnance, mais alors la verve supplée à tout. Jugez vous-même, j'ouvre le livre au hasard; voici le début de l'ode sur l'*Église :*

Vaisseau majestueux, nef solide et profonde,
O toi dont l'étendard s'élève sur le monde
    Malgré la brume et l'ouragan!
O toi qui, déployant ta voile toujours prête,
Supportes sans fléchir l'assaut de la tempête
    Et la houle de l'Océan!

O vaisseau! depuis l'heure où Dieu dissipa l'ombre
Et brisa d'un mot seul les idoles sans nombre
    Qu'adorait le vaste univers;
Depuis l'heure où le Christ t'arracha de l'arène,
Et poussant sur les flots ta sublime carène,
    Ouvrit ton aile au vent des mers;

O vaisseau! que de fois la vague mugissante
Essaya d'ébranler ta mâture puissante!
    Que de fois sur les mers sans fond

Ces monstres inconnus, dont l'abîme se joue,
Heurtèrent du poitrail ta gigantesque proue
Qui les broyait à chaque bond !

. . . . . . . . . . . . . . . . . . . . .

O vaisseau ! marche au port prédit par les prophètes ;
Marche, marche toujours, jusqu'à ce que tu jettes
Ton ancre dans l'éternité !

Je le répète, je n'ai point choisi, cette pièce est même une de celles qu'on cite le moins. On me passera bien encore deux strophes de la *Destruction des croix*, redevenue, hélas ! de nos jours d'une poignante actualité :

Je verrais mettre à nu le fond du sanctuaire,
Les plus saints monuments mutilés pierre à pierre,
La croix foulée aux pieds et le temple proscrit ;
Je verrais renverser droits humains, lois divines,
Et je n'oserais, moi, jeter sur ces ruines
Toute mon âme dans un cri !...

Oh ! ce cri sortira : ma poitrine est trop pleine,
Et l'indignation gonfle trop chaque veine
Pour que mon cœur brisé se taise plus longtemps.
Oui, l'anathème enfin jaillira de ma bouche,
Je veux marquer d'un sceau cette horde farouche
De triomphateurs insultants !

Voilà bien sans doute de la grandeur, de la hauteur, du feu et de la verve. Voulez-vous de la grâce et de la douceur ? Tournez la page ; lisez *Rosa mystica* :

O jeune rose épanouie
Près du tabernacle immortel,
Vierge pure, tendre Marie,
Douce fleur des jardins du ciel;
O toi qui sais parfumer l'âme
Mieux que la myrrhe et le cinname
Et l'encens même du saint lieu;
O toi dont la grâce est l'empire,
Toi qui ramène d'un sourire
Le pardon aux lèvres de Dieu!

Ou si, pour varier, vous préférez une poésie profane, répétez la délicieuse *Ballade* :

L'aube vient blanchir la plaine;
L'aube décolore à peine
Le crépuscule d'ébène,
Et, vers l'horizon lointain,
Une brise parfumée
Poursuit comme la fumée
Les nuages du matin.

La fleur s'ouvre avec délice,
Et le rayon du jour glisse
Dans son humide calice,
Où l'eau du ciel tremble encor;
Chaque fleur des champs scintille
Devant l'Océan qui brille
Comme un large océan d'or.

N'est-ce pas là de la grande et belle poésie? Cette poésie n'est point ici une exception : l'exception, dans *Amour et Foi,* ce sont les pièces faibles, trois ou quatre au plus; les pièces belles, bonnes, excellentes, forment la très grande majorité.

Aussi ce recueil eut un plein succès, qui se manifesta sous toutes les formes, entre autres par ce trait : le lieutenant-colonel du régiment d'artillerie qui tenait garnison à Rennes réunit un soir ceux de ses officiers capables de goûter une œuvre littéraire, et après dîner il leur lut d'un bout à l'autre *Amour et Foi.* La lecture dura cinq heures, tous les assistants furent enchantés [1].

## VI

L'auteur de ce beau livre n'avait que vingt-six ans. Que ne devait-on pas attendre du développement de son talent, fécondé par le travail, la méditation, l'étude de la nature et des grands poètes? Cependant, *Amour et Foi* est demeuré le chef-d'œuvre de Turquety. Les deux recueils qui suivirent — *Poésie catholique* en 1836, *Hymnes sacrées* en 1839, — quoiqu'on y trouve encore çà et là de grandes beautés, lui restent fort inférieurs.

Dans *Poésie catholique,* l'auteur s'est plu à chanter les dogmes les plus austères, à peindre les tableaux les plus sombres que lui présentait le catholicisme. Lui-même plus tard comparait ce recueil, pour la couleur, aux toiles

1. Saulnier, *La Vie d'un poète,* p. 154.

de Zurbaran[1]. La nature des sujets l'entraîne plus d'une fois vers la manière de Victor Hugo. Le feu et le mouvement ne manquent pas; mais souvent le style est lâche, les contours mal arrêtés, le mètre décousu, l'allure générale flottante et incertaine. Il y a une douzaine de fort bonnes pièces, dont deux excellentes et d'un grand souffle : l'une, *le Prêtre,* d'une correction classique de forme et de dessin; l'autre, *la Course de la Mort,* parfaitement romantique de style et de couleur, dont voici les premiers vers :

A l'œuvre, ô ma cavale blanche
Plus rapide que l'avalanche,
A l'œuvre, à l'œuvre ! il est minuit.
Je suis, — écoutez, cieux et terre ! —
Je suis la moissonneuse austère
Qui ne fauche que dans la nuit.

Voici l'heure où mon bras peut enserrer sa proie :
L'homme vient de cacher son œil à peine clos,
Et la puissante nuit laisse pendre avec joie
Sa chevelure sur les flots.

A l'œuvre ! Aucun bruit ne s'élance,
Le sol est semé de silence,
On dirait que le monde attend;
Le sommeil a pris dans ses voiles
La terre comme les étoiles :
A l'œuvre ! Il faut saisir l'instant.

1. Saulnier, *La Vie d'un poète,* p. 168.

Les *Hymnes sacrées* ne sont point au-dessous de *Poésie catholique;* il y a plus de correction dans la forme, mais l'inspiration du poète tend à se refroidir. Entre les bonnes pièces de ce volume je n'en nommerai qu'une — une perle — *Dans sa cellule*, dont je ne puis m'empêcher de citer quelques strophes :

A vous, ma colombe voilée,
A vous les roses de l'espoir,
Et les brises de la vallée,
Et les enchantements du soir.

A vous la nuit silencieuse
Qui parfume nos régions;
A vous l'étoile gracieuse
Qui fait pleuvoir tant de rayons.

A vous, fille des solitudes,
A vous les sublimes concerts,
Et les célestes quiétudes
D'un cœur dégagé de ses fers.

A vous qui, lasse de l'hommage
Qu'on vous prodigua tant de fois,
Avez tout quitté pour l'image,
La sainte image de la croix,

Et, bien loin des routes mortelles
Dont l'éclat vous séduisait peu,
Avez replié vos deux ailes
Près du tabernacle de Dieu!

## VII

Lors de la publication des *Hymnes sacrées*, le poète avait trente-deux ans, il entrait dans l'âge habituellement le plus fécond en œuvres intellectuelles. Et cependant c'est là que s'arrête son œuvre.

*Primavera* (1841) ne fut que la réédition des *Esquisses poétiques;* la seconde partie, quoique nouvelle et non dépourvue de mérite, « ajouta peu (comme M. Saulnier le constate « p. 202) à la réputation de Turquety. » D'ailleurs elle fut probablement composée avant 1839.

*Fleurs à Marie* (1845), dit encore avec justesse M. Saulnier (p. 216), « porte la trace « d'un travail hâtif. » Bien qu'on y retrouve çà et là, trop rarement, le poète de *Rosa mystica* et de *Dans sa cellule,* c'est un livre de piété écrit par un lettré, plus qu'une œuvre littéraire.

Des *Représentants en déroute* (1852) il n'y a qu'un mot à dire : la forme vaut le fond; pour parler comme La Bruyère, c'est « immédiatement au-dessous du rien. » — Je n'aurais même pas nommé cette production fâcheuse, si je n'étais autorisé, par le témoignage d'un ami du poète, à affirmer que celui-ci ne tarda point à regretter cet acte d'aberration, au point d'en détruire autant qu'il le put les exemplaires, qui sont en effet devenus fort rares. Pour l'honneur de Turquety, je tenais à faire connaître son repentir, — et à tout péché miséricorde !

Quant au recueil posthume publié en 1869 sous le titre *Un Acte de Foi,* on en doit certainement louer l'intention pieuse. Croire qu'il ajoutera beaucoup à la gloire de l'auteur, on ne le peut; il est très faible.

Ainsi l'œuvre de Turquety finit aux *Hymnes sacrées.* A trente-deux ans, à l'âge où beaucoup commencent à peine, où ceux qui ont bien commencé entrent d'un pas plus sûr dans la période du plein développement, Turquety s'arrêta. Comment expliquer cet arrêt subit? Cela est assez difficile.

M. Saulnier nous apprend que, vers 1840, Châteaubriand qui s'intéressait fort à Turquety et d'autres amis de celui-ci lui conseillèrent de « compléter son œuvre de poète catholique « par un grand poème. » (P. 202.) Son père à ce propos lui écrivait avec beaucoup de sens : « Ce n'est pas chose facile : sujet « d'un grand intérêt, détails et épisodes, « travail persévérant : *en aurais-tu le cou-« rage?* » (P. 203.) Comme sujet intéressant, il choisit la vie de S. Bruno et la fondation de l'ordre des Chartreux. « Mais, ajoute « M. Saulnier, il fallait ensuite des études « préliminaires approfondies, des voyages à « la Chartreuse de Grenoble pour y prendre « des couleurs aux lieux mêmes où S. Bruno « a vécu, arrêter la charpente de l'œuvre, « esquisser les détails, puis écrire le poème.

« Cette grande tâche exigeait une puissance « de travail au-dessus des forces physiques et « des dispositions morales de Turquety : il « recula parce qu'il se défiait de lui-même. » (P. 203.)

N'aurions-nous pas là le mot de l'énigme? — Turquety eut bien raison de ne pas s'atteler à un poème sur S. Bruno : son talent est essentiellement lyrique, et le sujet (on le montrerait sans peine) n'a point le genre d'intérêt requis dans la circonstance. Ce n'est pas là ce qui fit reculer Turquety, c'est le travail qui lui fit peur, parce que ce labeur était, comme le dit très bien son biographe, « au-« dessus de ses dispositions morales. » Or sans l'inspiration point de poète, point d'artiste; sans le travail point d'œuvre achevée, point d'œuvre complètement grande. Doué de facultés poétiques exceptionnelles, Turquety était d'un bond, dans *Amour et Foi*, monté à une grande hauteur; quelque peu enivré de ce succès, il se confia désormais dans ces facultés natives sans prendre soin de les cultiver, de les stimuler énergiquement par le travail. N'étant plus ni clarifiée ni renouvelée, la source sacrée se troubla, se raréfia, puis s'arrêta.

Mais, avec sa haute inspiration et ses grands coups d'aile, ses élégies d'une suavité pénétrante, avec les belles pièces semées dans les autres recueils, *Amour et Foi* n'en assure pas moins à Turquety une place des plus distinguées entre les poètes du second rang de l'époque romantique, qui après le XVII^e siècle reste encore, quoi qu'on puisse dire, la plus brillante floraison de la poésie française.

## VIII

Un matin, vers 1850, dans une allée du Thabor de Rennes, Turquety se promenant en compagnie de M. Frédéric Saulnier, lié avec lui depuis quelques mois, lui dit : « Vous, mon cher, vous ferez ma biographie. » M. Saulnier a tenu à honneur de ne pas faire mentir cette prophétie; il l'a remplie de façon à montrer combien le poète avait eu la main heureuse dans le choix de son *historiographe.*

*La Vie d'un poète* est un livre parfaitement bien fait et très agréable à lire, plein de mesure et de goût, rien de trop, tout ce qu'il faut pour nous faire connaître et apprécier en Turquety l'homme et le poète. Du poète M. Saulnier parle comme quelqu'un « qui est du bâtiment. » De l'homme privé il sait, il raconte tout ce qui peut intéresser le public, en s'appuyant sur les plus sûrs documents, entre autres, sur des notes autographes de Turquety, sur sa correspondance avec nombre de personnages célèbres (La Mennais, Lamartine, Brizeux, Montalembert, M^me Swetchine, etc.), dont les lettres semées dans le volume, ainsi que celles de Souvestre dont j'ai déjà parlé, lui donnent pour l'histoire littéraire de notre siècle un prix spécial.

D'après tous ces documents, voici — sommairement — comme le caractère privé du poète nous apparaît. Une âme haute et noble, un cœur généreux et délicat, mais une sensibilité extrême, nerveuse, presque maladive, portée à voir tout en noir, à exagérer tous les mécomptes de la vie, engendrant chez Turquety cette « désespérance » plus byronienne que chrétienne, contre laquelle ses amis, notamment M^me Swetchine, sont sans cesse obligés de réagir. Cette fâcheuse tendance amenait le poète à se replier et à se renfermer en lui-même, ne montrant qu'à ses intimes les saillies de son esprit et ses qualités aimables, pour les autres froid, « boutonné, » sans expansion, attitude qui n'attire pas la sympathie.

Quant aux causes de l'habituelle « désespérance » de Turquety, en dehors peut-être d'une disposition innée, on les trouve dans certains désirs très vifs, très constants du poète, qui ne purent être satisfaits ou ne le furent que tardivement.

J'ai dit plus haut le culte de ses parents pour lui ; il le payait amplement en respect et en tendresse. Mais de bonne heure son cœur éprouva le besoin de tendresses d'un autre genre, plus intimes encore ; très jeune il voulut se marier. M. Saulnier nous raconte sa première passion, grande et touchante, antérieure à 1830. Dans la suite de sa vie, son biographe en a pu signaler deux ou trois autres — toujours pour le bon motif, — mais qui n'aboutirent pas plus que la première. Il est vrai qu'il ne perdit rien pour attendre, mais il se maria seulement en 1852 (le 23 juin), et comme depuis plus de vingt ans il aspirait à « l'hymen, » il eut le temps de se désespérer.

Un autre désir non moins tardivement rempli, qui date au moins de l'apparition d'*Amour et Foi* en 1833, ce fut celui d'habiter Paris. Son humeur noire lui avait mis dans la tête qu'il avait des ennemis à Rennes, où il n'eut jamais en réalité que des amitiés et des sympathies. D'autre part, ses ambitions littéraires, très naturelles et très légitimes, lui représentaient le séjour à Paris comme nécessaise pour arriver au succès qu'il méritait. En cela il avait raison : le séjour de Paris l'eût stimulé, poussé au travail autrement que celui de Rennes, et M. de Châteaubriand aidant, qui l'avait pris sous sa protection et était alors grand-électeur de l'Académie Française, Turquety même avant quarante ans serait certainement devenu « l'un des Quarante. » En 1847, malgré son obstiné séjour en province, Châteaubriand préparait la candidature du poète rennais et songeait très sérieusement à le faire entrer dans l'illustre compagnie — quand la révolution de Février, puis la mort du chantre des *Martyrs* renversèrent tous ces projets. — Ce qui s'opposait surtout au déplacement des pénates de Turquety, c'était l'hésitation bien naturelle de ses vieux et vénérables parents qui, ayant toujours vécu à Rennes, s'effrayaient de rompre leurs relations, de changer leurs habitudes, leur genre de vie, pour s'aller transplanter dans cette « Babylone. » Lui d'autre part ne voulait point les quitter. La conséquence c'est qu'il n'alla habiter Paris (Passy) qu'en 1852, après avoir perdu père et mère [1].

Un troisième *desideratum* de Turquety, qui celui-là ne se réalisa pas, c'était d'obtenir un poste de bibliothécaire, dont les émoluments lui permissent de se suffire à lui-même et de ne pas « tout devoir (dit son biographe) aux bontés de ses parents. » (P. 184.) S'il eût voulu être bibliothécaire à Rennes, la chose se fût arrangée sans doute aussi facilement qu'à Nantes, où un confrère de Turquety en poésie, M. Émile Péhant, fut mis vers ce temps-là à la tête de la bibliothèque de cette ville, qu'il a pendant plus de vingt ans parfaitement administrée et dotée d'un admirable catalogue. Mais Turquety, désirant quitter Rennes, voulait une bibliothèque à Paris. C'était là encore une ambition fort modérée, fort légitime, et qui eût dû avoir assez facilement satisfaction. Nul doute qu'il n'en eût été ainsi, si le poète avait voulu se donner quelque peine; mais par suite de ses « désespérances, » convaincu que toute démarche personnelle de sa part tournerait contre ses vœux, il s'abstenait de bouger; il

1. Sa mère mourut en 1844, son père en 1849; mais Turquety, ne voulant pas s'établir seul à Paris, désirait se marier auparavant et y alla effectivement le lendemain de son mariage.

eût fallu que cette bibliothèque lui tombât du ciel ou qu'on la lui apportât sur un plat d'argent. Procédé hors d'usage : il n'en eut point. Il obtint seulement, vers la fin du règne de Louis-Philippe, par l'intervention de Montalembert, une pension (très bien gagnée) sur le fonds des gens de lettres.

## IX

Au demeurant, les quinze dernières années de Turquety (1852-1867) furent les plus calmes, sinon les plus heureuses de sa vie. Deux de ses vœux se trouvaient réalisés : il était marié et il habitait Paris.

Si la tendresse de ses vénérables parents n'était plus là pour l'entourer de gâteries, elle était remplacée près de lui par cette autre tendresse non moins vive, longtemps poursuivie, enfin atteinte, dont il jouissait amplement.

Sa résidence à Paris ne pouvait plus avoir sur sa fortune littéraire l'influence qu'elle eût eue vingt ans plus tôt. Après les *Hymnes sacrées* et *Primavera*, le silence s'était fait peu à peu autour de son nom. Les cataclysmes politiques de 1848 et de 1851 avaient rejeté loin dans l'ombre du passé le mouvement romantique, auquel se rattachait la réputation de Turquety ; s'il avait compté ramener l'attention sur sa personne par le tapage présumé de ses *Représentants en déroute*, il se trompa.

Au milieu des évènements cela ne fit, pour ainsi dire, aucun bruit; le vainqueur se souciait peu de vers, et l'Académie nullement de vers de cette sorte.

Il prit le bon parti, dépouilla toute ambition littéraire, et puisqu'on ne lui donnait point de bibliothèque, il s'en donna une lui-même, où il sut réunir, entre autres, tous les plus curieux, les plus rares, les plus précieux poètes français du XVIe siècle. Il s'adonna à la belle passion des livres, et la bibliophilie lui prodigua toutes ses émotions, toutes ses jouissances. Il la cultiva en lettré, en poète, ne se bornant pas à aligner sur ses rayons des bouquins introuvables, mais curieux de les apprécier, de les fouiller, de les commenter. De 1860 à 1867, il inséra dans le *Bulletin du Bibliophile* de Techener nombre de morceaux de critique et d'histoire littéraire fort intéressants (voir M. Saulnier, p. 249-250), bien supérieurs à ses derniers vers.

Inutile d'ajouter que la foi, qui avait été l'âme de toute sa vie, lui donna dans la mort, pour franchir le grand passage, toutes ses forces et toutes ses consolations.

## X

Récemment une souscription, née d'une pieuse et patriotique pensée, a fourni les moyens d'ériger à Turquety, dans le cimetière de Rennes où il repose, un monument digne de sa mémoire.

Mais son véritable monument existe déjà, celui qui protègera le plus efficacement son nom et son souvenir, qui le fera connaître et apprécier, qui lui vaudra dans l'avenir plus d'amis peut-être qu'il n'en eut de son vivant : c'est le livre de M. Saulnier.

Ce livre vient à point : chez nous autres Bretons surtout, trop peu soucieux de nos illustrations, les gloires locales ont besoin d'être de temps à autre rappelées, rafraîchies, remises en lumière. Pour Turquety, c'est l'heure, aujourd'hui mieux que jamais.

Il y a cinquante ans, contre des clameurs furieuses il défendit, il chanta, il glorifia Dieu, l'Ame, la Religion, c'est-à-dire tout ce qu'il y a de plus noble au monde, tout ce qui fait la grandeur et la dignité de la vie humaine.

Aujourd'hui que ces nobles causes sont de nouveau en proie à une meute de sectaires non moins acharnés, non moins méchants, non moins bêtes que ceux d'alors, Turquety devient pour nous dans cette lutte un excellent auxiliaire; ses traits ne sont point émoussés, tous ses coups portent.

Aussi aurions-nous à cœur de voir le livre de M. Saulnier doublé d'un autre, qui en serait l'utile complément et qui contiendrait la fleur des poésies de Turquety, c'est-à-dire *Amour et Foi,* suivi d'une vingtaine de pièces choisies dans ses autres recueils et de ses meilleurs articles d'histoire littéraire publiés par Techener. On aurait là un charmant et excellent volume, appelé — comme celui de M. Saulnier — à prendre place dans la bibliothèque de tout homme de goût et de tout homme de cœur.

# LE LIVRE D'HEURES

DE

# PIERRE II, DUC DE BRETAGNE

—

(1450-1457)

Le livre d'heures de Pierre II, duc de Bretagne, l'un des plus jolis manuscrits de ce genre, est aujourd'hui conservé à la Bibliothèque Nationale, fonds latin, n° 1159.

C'est un volume comprenant 197 feuillets écrits, en vélin, de 188 millimètres de hauteur sur 130 de largeur. Au verso du folio 197 on lit : *Cestes heures sont au duc, qui les trouuera si les range. Et il aura bonnes trouuailles. Etc.*

Les pages écrites ont 16 lignes seulement, formant un texte de 78 millimètres de hauteur sur 57 de largeur. Ces pages ont sur les marges latérales de droite et de gauche, des bordures peintes qui portent la largeur du texte (écriture et peinture) à 10 centimètres. Mais dans les marges du haut et du bas, pas de bordure au-dessus ni au-dessous du texte écrit. Le volume est réglé à l'encre rouge.

Le calendrier mentionne les fêtes de plusieurs saints bretons :

En janvier : *Felicis episcopi. Gildasii abbatis.*

En mars : *Albini episcopi. Patrici episcopi.*

En mai : *Yuonis confessoris. Paterni episcopi. Donaciani et Rogaciani martyrum.*

En juin : *Tudguoali episcopi. Similiani episcopi Nannetensis. Heruei confessoris. Meuenni abbatis. Albani martyris.*

En juillet : *Turiani episcopi. Sampsonis et Ursi episcoporum.*

En septembre : *Paterni episcopi.*

En octobre : *Clari episcopi Nannetensis.*

En novembre : *Paterni episcopi. Maudeti confessoris. Columbani abbatis.*

En décembre : *Corentini episcopi.*

## II

Cinquante des pages du manuscrit sont ornées de peintures tenant la page entière et encadrées de bordures des quatre côtés.

Voici l'indication des sujets de ces peintures et des pages qu'elles occupent :

Feuillet 13. S. Jean l'évangéliste. — f. 15. S. Luc. — f. 18. S. Marc. — f. 19 v°. Portement de Croix.

F. 23. Le duc de Bretagne à genoux devant la Vierge tenant l'enfant Jésus. — f. 27. Le duc à genoux, implorant Dieu le Père.

F. 32. L'Annonciation.

F. 41. La Visitation. — f. 50. Le crucifiement, la flagellation, comparution de Notre-Seigneur devant Hérode.

F. 52. La Nativité de N. S. — f. 57 v°. Les bergers, le *Gloria in excelsis*.

F. 61 v°. L'adoration des mages. — f. 65 v°. La Présentation; dans la bordure, un couple d'amoureux, un chasseur de sanglier. — f. 69 v°. La fuite en Egypte.

F. 74 v°. Le couronnement de la Vierge, avec un ange portant l'écusson de Bretagne.

F. 80. Le jugement dernier; dans la bordure, écusson de Bretagne tenu par un ange.

F. 98. Un enterrement. Dans la bordure, la Mort frappant un jeune homme; un fossoyeur creusant une fosse; à côté, étendu sur le gazon, un corps de femme, de la tête duquel se détache une couronne.

F. 125 v°. Martyre de S. Eutrope. — f. 126 v°. S. Fiacre. — f. 127 v°. S. Bernardin. — f. 128 v°. — S. Vincent Ferrier. — f. 129 v°. S. Jean l'évangéliste.

F. 138. N. S. avec les cinq plaies.

F. 141. La mesure de la plaie du côté de N. S., portée par quatre anges. — f. 146 v°. S. Germain d'Auxerre. — f. 147 v°. S. Dominique; dans la bordure, S. Dominique prêchant, très joli et très curieux. — f. 148 v°. S. Pierre martyr, frère Prêcheur. — f. 149 v°.

S. Thomas d'Aquin. — f. 150 v°. S. Antoine.

F. 151 v°. Martyre de sainte Apollonie. — f. 152 v°. Ste Magdeleine. — f. 153 v°. Ste Catherine. — f. 154 v°. Ste Marguerite. — f. 155 v°. S. Julien. — f. 156 v°. S. Christophe. — f. 157. S. Sébastien. — f. 158 v°. S. Maudet; écusson de Bretagne et très jolie bordure. — f. 159 v°. Martyre de S. Adrien. — f. 160 v°, S. Michel; dans la bordure, une vue du Mont St-Michel. Cette page peinte est reproduite en entier dans le volume *Le Mont Saint-Michel*, publié par Didot.

F. 161 v°. S. Jean-Baptiste. — f. 162 v°. S. François d'Assise. — f. 163. S. Gilles. — f. 164 v°. Ste Anne, la Vierge et l'enfant Jésus; écusson de Bretagne; très jolie peinture. — f. 165. S. Etienne. — f. 166 v°. Ste Barbe. — f. 167 v°. S. Donatien et S. Rogatien, vêtus d'hermines. — f. 168 v°. Ste Ursule, écusson de Bretagne. — f. 169 v°. Les Onze mille vierges. — f. 170. Tous les Saints.

## III

Beaucoup de ces peintures mériteraient une étude détaillée et même une reproduction. Bornons-nous à en décrire quelques-unes. Et d'abord, les deux portraits du duc.

Dans le premier (f. 23), le duc est couvert de ses armes, mais tête nue, vêtu d'une cotte d'armes de drap d'argent semé d'hermines, à genoux et mains jointes devant la Vierge qui tient l'enfant Jésus. Le prie-Dieu ducal est couvert d'un velours bleu semé de fleurons dorés; sur ce prie-Dieu, un livre d'heures à fermoirs. La Vierge, vêtue d'une longue draperie blanche, a une tête charmante d'ingénuité et de jeunesse. Du duc à la Vierge se déroule et s'étend un cartouche portant ces mots : *O mater Dei, memento mei*. Derrière le duc pend une tapisserie de drap rouge à grands feuillages dorés. Au fond, on aperçoit les voûtes, les arcades, les fenêtres d'une haute église ou chapelle du xve siècle.

Dans la peinture du f. 27, le duc implore Dieu par cette oraison : *Concede michi, misericors Deus, que tibi placita sunt ardenter concupiscere, prudenter investigare, veraciter agnoscere et perfecte adimplere.* — Le duc est revêtu de ses habits ducaux, couronne en tête, manteau de pourpre doublé d'hermines avec camail de même; sa robe, que l'on aperçoit par la fente latérale du manteau, est bleue, et bleue la manche de cette robe couvrant le bras qui sort du manteau. — Le prince est sous un dais à pentes, de drap (ou peut-être de velours) vert à ramages dorés; à genoux sur un prie-Dieu couvert de drap d'or portant un coussin herminé, sur lequel est posé un livre d'heures fermé à tranches dorées. — Le fond du tableau, ou si l'on veut la muraille de l'appartement où se trouve le duc, est tendu de drap vert et or; mais de chaque côté du dais descend jusqu'en bas un rideau bleu.

Ce portrait, comme le précédent, est délicatement peint. Malheureusement, le Père éternel, auquel le duc adresse sa prière, est beaucoup moins bien traité que la Vierge du f. 23. Il se montre, en haut de la peinture, comme par une lucarne, entouré de langues de feu, tenant en main le globe du monde, barbe blanche, cheveux blancs, et coiffé d'un grand bonnet blanc pointu qui ne lui donne aucune majesté.

Dans les bordures qui encadrent ce portrait se détachent quatre écussons de Bretagne, diversement soutenus ou accompagnés.

## IV

Parmi les autres peintures, nous en décrirons une seule, celle qui représente l'Annonciation (f. 32) et qui est, à notre sens, l'une des plus belles du volume. L'ange est médiocre, mais la Vierge est admirable. Enveloppée des pieds à la tête d'une grande draperie blanche qui tombe autour d'elle en larges plis et couvre derrière elle le sol de la chambre, elle se détache à regret de son prie-Dieu et se tourne à moitié vers l'ange. L'innocence la plus limpide, l'étonnement profond, la pensée intelligente se peignent à la fois sur sa belle figure, pâle et grave dans son nimbe d'or. — Derrière elle, une tapisserie pourpre semée de fleurs de lis d'or cache la partie inférieure d'une alcôve surmontée d'un dôme bleu à fleurs de lis, accosté de deux moindres dômes et de tourelles élégantes, le tout soutenu par des colonnettes, entre lesquelles se dessinent, dans le fond, des fenêtres gothiques découpées en trilobes.

Les bordures offrent, entre autres, deux charmants petits sujets. Dans la bordure du bas, c'est la Vierge enfant, au temple, travaillant à un métier, sur lequel elle semble faire de la dentelle; une femme entre et lui porte sa nourriture, un pain et une cruche. — Dans la bordure latérale de droite, ce sont les fiançailles de la Vierge : saint Joseph, à gauche, avec sa verge fleurie; Marie, fort jeune, à droite; entre eux deux, le grand-prêtre coiffé d'une mitre bleue pointue, très élevée. — Très riche fond de bordure; entrelacements de fleurs, de fruits, de feuillages, d'oiseaux de toutes couleurs, très jolis détails; à gauche, le paon faisant la roue, fréquent dans la décoration de ce volume.

## V

Les bordures de ce charmant manuscrit méritent qu'on s'y arrête, qu'on essaie d'en indiquer le caractère, de les apprécier dans leur ensemble.

Rien de plus léger, de plus gracieux, de plus délicat, et en même temps rien de plus gai et de plus *reposant* pour l'œil que le fouillis de fleurs et de feuillages qui les compose.

Les couleurs qui y dominent sont le bleu, le vert, le rouge-rose et le rouge-feu; mais ces deux dernières couleurs sont employées dans des tons discrets, on dirait volontiers, dans le mode mineur, de façon à produire une harmonie calme, attrayante et (nous l'avons déjà dit) *reposante*, relevée assez fréquemment par des pointillés or, qui ont conservé, comme tous les ors de ce volume, un grand éclat : on les dirait d'hier. — Dans les autres couleurs non plus rien de voyant, de criard, de tapageur; on serait tenté, en certains endroits, de les croire ternies, atténuées par le temps : il n'en est rien. Ces nuances, savamment sobres, sont évidemment voulues, cherchées, calculées pour produire cette harmonie paisible, intime, douce et pénétrante, qui s'accorde si bien avec le sentiment religieux.

Cette dentelle peinte est surtout composée de fleurs; celles qui reviennent le plus souvent sont : les œillets rouges, roses, bleus, tous très fréquents; il y en a aussi quelques-uns jaunes; bleuets et clochettes bleues; pâquerettes blanches à collerettes roses; roses rouges; rosiers en boule dans des vases très élégants; arbustes à glands d'or; fraises rouges; chardons à fleurs roses ou violet pâle; baguenaudiers à fleurs jaunes, à longues siliques et feuilles d'or; pommes de pin rouges sur fond d'or; pensées blanches et violet pâle; violettes mi-parties bleu et blanc, quelques plants de violettes entièrement bleues, bien feuillés et bien fleuris; pervenches bleues sur fond d'or formant de longues bandes d'encadrement; rinceaux bleus à grandes feuilles découpées, genre acanthe, etc.

Parmi cette forêt de fleurs court et vole un monde d'oiseaux et d'insectes, qu'il serait trop long d'énumérer; notons seulement le paon, tantôt étalant sa roue et tantôt queue basse, qui revient à tout bout de champ; les papillons et les mouches, traités avec une délicatesse et une fidélité tout à fait remarquables, etc.

## VI

Çà et là, dans ces bordures, cette dentelle de fleurs fait place à des scènes à personnages, plus variées et plus curieuses que les grandes peintures.

Ici (f. 15), ce sont deux moissonneuses, l'une tête nue, en robe rouge, l'autre en robe blanche et coiffée d'un capot blanc, encadrant largement les cheveux séparés en deux bandeaux.

Là (f. 32 v°), c'est une chasse au lapin. Un veneur (chaperon noir à rebras, pourpoint jaune, chausses rouge-rosé, brodequins noirs) tient en laisse une couple de lévriers blancs qui veulent partir. Lui, au contraire, lance deux petits terriers jaunes qui courent nez en terre et vont tout à l'heure atteindre la plus jolie petite famille de lapins qui se puisse imaginer, gîtée sous les entrelacs et les rinceaux de la bordure : cinq petits lapins blancs, les plus gentils du monde, qui jouent ensemble et s'ébattent en francs espiègles, plus la mère lapine qui rentre au gîte poursuivie par les chiens, ou du moins en sentant leur approche et dans la plus vive terreur.

Dans la bordure latérale du même feuillet, tout en haut, voici une sorte de sauvage, nu-pieds, nu-tête, vêtu d'un maillot bleu clair rayé de blanc et d'un pourpoint bleu et or de forme fantastique, portant au bras gauche un bouclier rouge muni au centre d'une pointe de bronze très aiguë, la main droite armée d'une lance, qu'il dirige contre un ours dont le poil fauve a des reflets dorés, lequel, tranquillement couché dans la bordure supérieure, semble, en cet instant même, méditer contre son agresseur un bond formidable.

Ailleurs (f. 16 v°), nous voyons deux femmes, dont l'une (à gauche) semble la dame et l'autre la suivante, qui tiennent et déploient entre elles un grand collier d'or, insigne d'un ordre de chevalerie, qui a des épis d'or pour pendants. La dame est vêtue d'une robe bleu clair, ouverte en cœur sur la poitrine et munie d'une queue telle, qu'elle s'étale et ondoie en larges plis tout autour des pieds de la dame à une assez grande distance. L'autre porte une robe rose de pareille échancrure, traînant à terre, mais sans queue. La coiffure de la dame est un hennin très élevé couvert d'un grand voile, celle de l'autre un escofion perlé beaucoup moins haut.

Un peu plus loin (f. 18), la dame au hennin

et à la robe bleue fixe la partie antérieure de ce même collier sur la poitrine d'un seigneur, sans doute son mari, nouvellement promu chevalier de l'ordre de l'*Épi*, — et derrière, la suivante en robe rouge tient entre ses mains l'autre moitié du collier, qu'elle va placer tout à l'heure sur les épaules du nouveau chevalier. Celui-ci porte chaperon noir, chausses noires, pourpoint de couleur pourpre liseré d'or, à revers noirs. — L'ordre de l'Épi, propre à la Bretagne, avait été institué par notre duc François I^er^, immédiat prédécesseur de Pierre II, pour qui fut composé le livre d'heures que nous décrivons.

Quant aux prières contenues dans ce livre, toutes sont en latin, sauf celles dont nous allons maintenant donner le texte.

## VII

### ORACIO DE NOSTRE SEIGNEUR IHESU CRIST EN FRANÇOIS TRES DEVOTE[1].

« Mon Dieu, mon pere, mon createur, mon seigneur et mon sauueur. Ie vous confesse que tout mon bien me vient de vous et tout mon mal me vient de moy, c'est, de mes folles et mauuaises voulentez, plaisances et affections. Car, ie croiz fermement que l'ennemy

1. Bibliothèque Nationale, ms. lat. 1159, f. 21 v° et 22 v°.

d'enfer ne me peut nuire sinon par elles. Si vous suppli qu'il vous plaise me donner vroye cognoissance d'elles et force de leur resister quand ie les cognoystroy. Amen.

« Mon Dieu, mon sauueur et mon créateur. Ie vous rens graces et merciz de tant de biens, d'onneurs et de graces qu'il vous a pleu me donner et faire, et sans que je l'aye de vous deserui. Et par especial humblement vous remercie de ceste duchié qu'il vous a pleu me donner, de quoy je n'estoye point digne. En vous suppliant qu'il vous plaise ne la me auoir point donnée pour mon dampnement, ne pour me esloigner de vous. Mais humblement vous supplie et requiers qu'il vous plaise m'y donner grace de m'y gouuerner à vostre gloire et honneur et au prouffit et sauuement de mon ame et au bien publique de toute la duchié et habitans en icelle. Amen. »

### DEVOTE OROISON A NOSTRE SEIGNEUR TOUTE EN FRANÇOIS [1].

« O mon Dieu tout puissant, mon creatour qui me auez croyé à vostre ymage et semblance, mon redemptour Ihesus qui de vostre precieux sang m'auez si chierement rachaté. O mon Seigneur et iuge qui tant estes à redoubter, ie vous aoure comme mon Dieu

1. Bibliothèque Nationale, ms. lat. 1159, f. 30 v° et 31.

plain de misericorde et de toute bonté. Et vous suppli, mon Dieu, du parfont de mon cueur, par le merite de vostre tres saincte et digne Incarnacion, de vostre tres angouesseuse et doloreuse Passion, et par le merite et intercession de vostre glorieuse mère et de voz benoistz amis saint Iehan et saint Franczoys, qu'il vous plaise me faire misericorde et me pardonner mes pechez et ingratitudes et me donner grace de dignement recongnoistre voz sains benefices et bontez. Et ne me vueillez attendre à punir en la fureur de vostre ire et rigueur de justice. Mais, mon Dieu, selon vostre benigne clemence paternelle, vous plaise me donner vroye contriction et parfaicte confession de tout ce que vous ay offensé en ceste vie presente. Et me donnez vostre saincte crainte et grace de jamès ne vous offenser mortelment et de employer le residu de ma poure briefue et miserable vie selon vostre benoite volunté. Et me donnez grace de oster mon amour et affection desordrenée de toute chose qui vous est desplaisante et la mectre du tout en vous, qui estes le souverain bien digne de estre aymé et honouré de toute creature en ciel et en terre. O mon Dieu, vous plaise incliner vostre benigne clemence à la priere de vostre poure creature, affin que misericordieusement puisse paruenir à vostre benoist réaume, pour vous aimer ardentement et louer perdurablement et estre participant des biens que auez promis à voz humble et loyaulx amis. Amen. »

[ORAISON DE LA SAINTE CROIX] [1].

« Saincte vroye Croez aourée,
Qui du corps Dieu fut aournée
Et de sa sueur arrousée
Et de son sang enluminée,

Par ta vertu, par ta puissance,
Deffens mon corps de meschance
Et si me octroye, par ton plaisir,
Que vroy confeis puisse mourir.

*Crux Saluatoris liberet me omnibus horis. Amen.*

« Noustre Seigneur Dieu Ihesu Crist [2]. Ie proteste deuant vostre sainte maiesté que ie vueil viure et mourir en vostre sainte vroye foy catholique. Amen. »

[LES JEÛNES DU DUC] [3].

« Memoire que Monseigneur le Duc a fait veu de jamès ne manger char le jour de Mons^r^

1. Bibliothèque Nationale, ms. lat. 1159, f. 131 et 192.
2. Ibid., f. 140 v°.
3. Ibid., f. 192 r° et v°.

saint Estienne, qui est le landemain de Nouel. Et fut fait celui veu durant le siege de Foulgieres.

« Memoire que Monseigneur le Duc a en volenté de jamès ne mangier char la vigile de Mons[r] saint Sebastien.

« Memoire que Monseigneur le Duc a en volunté de juner à jamès le vendredi benoist. Et la vigile de Nostre Damme my aougst à pain et à eau espicée, se maladie ou vieillesse ne l'empesche.

« Le VIIe jour de juillet, l'an mil CCCCXVIII, nasquit Monseigneur Pierre, à present duc de Bretaigne.

« Le jour saint Nicolas, IXe jour de may, l'an mil CCCCXXVII, nasquit Madamme Franczoise d'Amboyse, à present duchesse de Bretaigne. »

## VIII

On croirait naturellement que ce beau livre d'heures, conservé avec soin par les ducs de Bretagne, passa dans la librairie des rois de France par suite du double mariage d'Anne de Bretagne avec Charles VIII et Louis XII, et que c'est de là qu'il est arrivé dans le grand dépôt si longtemps connu sous le nom de Bibliothèque du Roi, aujourd'hui Bibliothèque Nationale.

Il n'en est rien. Au XVIe siècle, nous le voyons sorti des mains ducales ou royales qui eussent dû le conserver avec soin, et tombé en mains privées entièrement étrangères à la Bretagne. Sur le premier feuillet de garde de ce manuscrit on lit :

*Cestes presentes heures apartiennent à Marguerite de Grenaysie, ettens veneus de son chieff de ces pere et mere, à present fame de Jacques de Foissy.*

A côté de cette note d'une orthographe fantaisiste est inscrit un monogramme, unissant les lettres I F (Iacques de Foissy) et M D G (Marguerite de Grenaisie), c'est-à-dire les initiales des deux époux. Ce monogramme est répété, en or, au milieu des deux plats de la reliure qui est fort belle : preuve que cette reliure a été donnée au livre par Marguerite de Grenaisie, et qu'elle date par conséquent de la fin du XVI$^{e}$ siècle ou du commencement du XVII$^{e}$.

Dans la collection des *Pièces Originales* de la Bibliothèque Nationale (Manuscrits), on trouve des lettres du roi Henri IV, données à Mantes le 22 décembre 1593, pour « Margue-« rite de Grenaisie, veuve du feu S$^{r}$ de Mo-« reines et à présent femme de Jacques de « Foissy, S$^{r}$ de Cresné et de Motheus, escuier « (dit le roi) de nostre petite escurie, » et portant confirmation du « droit et previllege « d'usaige du bois à chauffer en noz forestz « du bailliage de Blois, à cause de leur mai-« son de Mons, » ledit droit et privilege mo-« déré à soixante *rottes* par noz officiers au-

« dict bailliage [1]. » — Plus, du 24 décembre 1603, à Paris, ordonnance de soixante *rottes* de bois, délivrée par Henry Clausse, Sr de Fleury, grand-maître des eaux et forêts, au profit de Marguerite de Grenaisie, « dame de « Mons, » femme de Jacques de Foissy [2].

Par là nous avons l'époque de Marguerite de Grenaisie, le pays de son origine et de sa famille (bailliage de Blois), mais rien des causes qui avaient mis aux mains de cette famille le livre d'heures du duc Pierre II de Bretagne, rien de celles qui l'en ont fait sortir et l'ont amené dans le grand dépôt national de la Bibliothèque du Roi. Et vraiment, c'est grand dommage, car ce manuscrit est de ceux qui mériteraient une histoire complète.

1. Pièces Originales, vol. 1171, article *Foissy*, f. 79.

2. Ibid., f. 85.

# LES
# DÉPUTÉS BRETONS
## EN 1789

M. René Kerviler, cet esprit étonnant, infatigable, aussi éminent, aussi fécond dans l'ordre littéraire que dans l'ordre scientifique, et qui, après avoir creusé, en surmontant des difficultés inouïes, le plus vaste bassin à flot de toute l'Europe (le grand bassin de Saint-Nazaire), est en train d'élever à la gloire de la Bretagne le monument bibliographique le plus remarquable et le plus complet qui ait été entrepris jusqu'à présent (la *Bio-Bibliographie Bretonne)*; — entre cette montagne sans égale de documents bibliographiques et historiques et ce bassin sans pair où évoluent à leur aise tous les transatlantiques, M. Kerviler a trouvé le temps de publier récemment (1888), à Rennes, chez MM. Plihon et Hervé, le premier volume d'un ouvrage tout à fait digne d'attention, et qui est intitulé : *Recherches et notices sur les députés de la Bretagne aux Etats-Généraux et à l'Assemblée Constituante de 1789.*

Ce volume se divise, si l'on en croit la table, en trois parties : « Préface ; — Livre Ier. *Situation de la Bretagne au moment de la convocation des États-Généraux ;* — Livre II. *Les Députés.* » Mais ces trois parties sont de dimensions fort inégales. La préface a seize pages, le livre Ier, sept ; le livre II en a 400 ; encore n'est-il pas à la moitié. Ce livre II est la série des notices biographiques consacrées par l'auteur à chacun des députés ou suppléants de députés aux États-Généraux et à la Constituante, élus en Bretagne en 1789 ; le nombre total de ces suppléants et de ces députés monte à 99, et ce volume contient seulement 43 notices, rangées selon l'ordre alphabétique de *Allain* à *Hunault.*

En réalité, cet ouvrage est une biographie des députés bretons à la Constituante de 89 : peut-être eût-il mieux valu lui donner ce titre, mais, dans le principe, l'intention de M. Kerviler était d'accorder plus de développement au livre Ier, qui eût contenu une exposition détaillée de la situation politique de la Bretagne au commencement de 1789. Sur ces entrefaites, M. Barthélemy Pocquet ayant fait paraître son excellent livre des *Origines de la Révolution en Bretagne,* M. Kerviler jugea avec raison inutile de refaire une œuvre déjà très bien faite, et il réduisit son livre Ier à un résumé de quelques pages, écrit par l'un des députés de la Bretagne, Baudouin de Maisonblanche, en tête de Mémoires inédits laissés par lui sur la période révolutionnaire.

Quant à la préface, qui est une véritable introduction, elle fournit des renseignements généraux, très clairement présentés et aussi très nécessaires, sur l'organisation et la composition de la députation bretonne aux États-Généraux de 89. Je trouve même, s'il faut le dire, ces renseignements un peu courts; on aurait aimé quelques détails sur la procédure électorale, sur le fonctionnement des diverses assemblées d'électeurs, etc.

Mais tout cela évidemment n'est pas le sujet du livre; il ne faut point demander à l'auteur ce qu'il n'a pas voulu donner; or, je le répète, il n'a entendu donner qu'une chose : la biographie des constituants bretons. Aussi les renseignements de la préface sont-ils d'ordre purement biographique.

Après avoir rappelé le refus de députer aux États-Généraux opposé par la noblesse et le premier ordre du clergé de Bretagne, M. Kerviler établit que le clergé du second ordre, appelé à nommer en Bretagne 22 députés, en élut successivement jusqu'à 28 par suite de quelques démissions, et en outre 7 suppléants — soit 35 en tout. Quant au tiers-état, il élut 44 députés (chiffre normal) et 20 suppléants. Laissant de côté ces derniers, M. Kerviler nous apprend que les 44 députés, au point de vue de leurs professions respectives, se partageaient ainsi : 17 avocats, 9 magistrats de l'ordre judiciaire, 3 maires, 10 négociants, armateurs ou industriels, 4 cultivateurs, 1 seul médecin. Les avocats emportaient donc à eux seuls presque les trois septièmes du chiffre total, et réunis aux autres gens de robe (maires et magistrats) ils formaient les deux tiers de la députation : « Ces 44 députés du tiers et « les 4 suppléants qui siégèrent (il n'y en eut « que 4 à siéger) subirent, dit notre auteur, « des fortunes très diverses : 24 d'entre eux « (juste la moitié) disparaissent de la scène « publique après la Constituante; 13 seulement reparurent plus tard dans les assemblées électives, 8 à la Convention, 5 pendant « le Directoire, l'Empire et la Restauration » (p. 17). Six périrent de mort violente, ce qui est peu pour le temps, et encore trois seulement sur l'échafaud; deux furent tués par les chouans, le dernier en duel.

Parmi les députés et suppléants du clergé, 28 siégèrent, et sur ce nombre il y en eut d'abord jusqu'à 17 à prêter le serment à la Constitution civile du clergé, mais sept d'entre eux ne tardèrent pas à le rétracter, ce qui réduit à 10, c'est-à-dire à moins du tiers (sur 35), le chiffre des schismatiques dans la députation du clergé breton.

Ces renseignements généraux donnés, et bien d'autres de même genre (car j'abrège nécessairement beaucoup), M. Kerviler ouvre la série de ses notices biographiques par celle de l'abbé *Allain,* un digne curé de Josselin qu'on appelait en 89 « le beau *Damien,* » et qui est surtout remarquable pour avoir refusé, au Concordat, l'évêché de Tournai.

Ce recueil de notices est un ample magasin

de faits curieux, généralement ignorés, de documents nouveaux, inédits pour la plupart, faits et documents recueillis avec diligence, habilement mis en œuvre, exposés d'un style clair et alerte, de façon à présenter une lecture toujours intéressante. Inutile d'insister sur ce point, car du moment où l'ouvrage est de M. Kerviler, c'est dire qu'il a toutes ces qualités.

Tout au plus serais-je tenté de me demander si tous ces constituants valent bien — par eux-mêmes — la peine que s'est donnée leur historien pour consacrer, *constituer* à chacun d'eux un portrait, une biographie spéciale. Sur cette centaine de bonshommes, il y eut au plus trois ou quatre hommes supérieurs, Lanjuinais, Le Chapelier, Defermon; puis un second rang comprenant une dizaine d'hommes remarquables à divers titres : tout le reste assez médiocre, braves gens pour la plupart, plus faibles que méchants, en tout cas fort effacés. Peut-être, au lieu de les exhiber un à un, eût-il tout autant valu les grouper dans un tableau d'ensemble, une histoire de la députation bretonne à la Constituante. Mais j'aurais tort d'insister, car, je l'ai déjà dit, il ne faut pas demander à un auteur ce qu'il n'a pas voulu faire, mais voir si ce qu'il a voulu faire est fait et bien fait. Or là-dessus pas le moindre doute, la preuve en est à chaque page.

J'ouvre le livre au hasard, je tombe sur la notice du *père Gérard,* bon laboureur des environs de Rennes, improvisé constituant, qui se tira de sa besogne tout comme un autre, et dont M. Kerviler nous rapporte ce mot malin, qu'il aurait dit à quelques-uns de ses illustres collègues : « Quand je me suis vu avec vous « pour la première fois, en entendant de si « beaux discours, je me serais cru dans le pa- « radis... si je n'avais vu là tant d'avocats et « de procureurs » (p. 345).

Entre autres motions, il demanda et obtint que l'on retranchât l'indemnité aux députés qui s'absentaient : « Les provinces, s'écria-t- « il, ne nous ont pas envoyés ici pour que « nous allions nous promener ! » Un autre jour, impatienté par la lenteur des travaux de l'Assemblée, il demanda qu'elle ne fût pas payée cette année-là, « puisqu'elle ne vou- « lait pas avancer la Constitution. » Mais cette motion échoua. Tous les historiens et biographes lui attribuent aussi une proposition tendant à la suppression des « *droits de bétail,* » — qu'est-ce que cela ? M. Kerviler a découvert qu'il s'agissait simplement de supprimer les « *droits de détail* » sur les vins et eaux-de-vie. — « Jolie coquille, » ajoute M. Kerviler. C'est vrai, mais son imprimeur, juste au même endroit, lui en fait une non moins drôle, car il imprime que « l'Assem- « blée constituante renvoya au règlement gé- « néral, qu'elle devait donner sur les imposi- « tions, *l'exercice de la notice* » du père Gérard (p. 343). Lisez : « *l'examen de la motion.* » Décidément le père Gérard est riche en coquilles.

Il était même riche en autre chose, car ce bonhomme, qu'on nous peint généralement comme un recueil de toutes les vertus champêtres, voici ce qu'en dit un écrit contemporain cité par M. Kerviler :

« Vous avez tous entendu parler du père Gérard, député aux Etats-Généraux... C'est un homme fort borné, d'une *dureté*, d'un *orgueil* insupportables. A la fin de la session il est retourné dans ses foyers, au milieu de sa famille, *dont il est le tourment* Son épouse est malheureuse parce qu'elle a une façon de penser différente de la sienne [1]. Cependant elle a fait sa fortune. Sans autres enfants que ceux de sa femme (elle était veuve quand il l'a épousée), il ne songe qu'à amasser avec soin les richesses que son *avarice* et sa qualité de représentant du peuple lui ont acquises... Figurez-vous cet homme dans le sein d'une famille *qui le déteste*, d'enfants de sa femme *qu'il cherche à dépouiller*... d'un frère *qu'il vient de précipiter au tombeau*, etc. » (p. 347).

Décidément, il y a du déchet sur ce patriarche.

Au point de vue anecdotique, le livre de M. Kerviler est une mine. Voici, par exemple, la façon originale dont Chaillon, député de Nantes et plus tard conventionnel, échappa sous la Terreur à la proscription portée contre lui par le Comité de Salut public. Le membre

1. Le père Gérard (Michel Gérard) était de la gauche et avait voté la Constitution civile du clergé.

de ce Comité chargé de l'arrêter était son médecin; comme Chaillon avait alors une assez mauvaise fièvre, son médecin déclara à ses collègues : « Inutile de guillotiner ce b... de Chaillon, il est f... » — Il ne mourut pourtant que trois ans après, laissant, entre autres enfants, une fille, Aimée-Gabrielle, mariée à Sébastien Letourneux, qui fut ministre de l'intérieur en 1797.

Cette belle Gabrielle amusait fort, par ses naïvetés, les salons du Directoire. Un jour qu'elle était allée voir le Muséum et le Jardin-des-Plantes, dirigés alors par le célèbre naturaliste Lacépède, elle dîna le soir chez Talleyrand, ministre des affaires étrangères, et comme elle racontait sa visite du matin au Muséum, Talleyrand lui dit : — Vous avez sans doute vu Lacépède? — Mon Dieu non, répondit-elle simplement, je n'ai pu voir *la cépède...* mais j'ai vu *la girafe!* » (p. 136 et 138).

Il y a bien d'autres traits aussi jolis; je ne puis tous les rapporter, cela ne finirait pas : lecteurs, allez-y voir.

LES

# MÉTAMORPHOSES D'UN MONTMORENCY

---

## HISTOIRE

### D'UNE STATUE DU MUSÉE DE RENNES

---

Pour l'instruction des contemporains et l'édification de la postérité, pour « l'esbatement » des générations nées et à naître; avant tout, pour accomplir la mission que m'impose ma conscience de combattre de tout mon pouvoir les erreurs historiques relatives à la Bretagne, celles surtout qui s'attaquent aux grands noms et aux grands hommes, qui s'étalent en des lieux privilégiés sous le couvert d'une étiquette officielle et ont essentiellement droit, par leurs dimensions monumentales, au titre de... bévues; — pour ces motifs et quelques autres encore, je demande la permission de narrer ici une curieuse histoire, que j'ai réussi — non sans peine — à tirer au clair sur documents authentiques.

Le 27 octobre 1886, un arrêté ministériel

attribua au Musée de Rennes une statue ainsi désignée : « DUGUESCLIN, *statue plâtre, pro-* « *venant des réserves du Louvre.* » Cette pièce arriva à Rennes en février suivant; elle a de hauteur environ 2 mètres; elle représente un guerrier armé de pied en cap et couvert d'une cotte d'armes flottante, armoriée, à courtes manches, descendant à mi-cuisses. — Par lettre du 27 février 1887, l'administration municipale de Rennes demanda au ministère le nom de l'auteur et les autres renseignements nécessaires pour rédiger la notice qui devait figurer au Catalogue.

Suivant réponse de la direction des Beaux-Arts du 15 mars suivant, cette œuvre aurait été le modèle en plâtre, à moitié grandeur, de la statue de du Guesclin en marbre, haute de 4 mètres, exécutée par Bridan fils (Pierre-Charles) pour la décoration du pont Louis XVI ou pont de la Concorde, et actuellement placée dans la cour d'honneur du palais de Versailles. La direction des Beaux-Arts prenait le soin de constater que ce modèle en plâtre « avait été exposé au Salon de 1817 sous le « n° 800. »

Avant l'arrivée de cette réponse, et sur l'invitation de M. ***, conservateur du Musée archéologique de Rennes et l'un de ses vice-présidents, la Société Archéologique d'Ille-et-Vilaine, à l'issue de sa séance du 8 mars 1887, avait examiné ce plâtre et reconnu immédiatement l'impossibilité d'y voir un du Guesclin.

En effet, cette statue a une couronne ducale sur son casque, le collier de l'ordre de Saint-Michel, les insignes de celui de la Jarretière. — Or, du Guesclin n'a jamais porté la couronne ducale, jamais été chevalier de la Jarretière, et encore moins de l'ordre de Saint-Michel, fondé en 1469, près de cent ans après sa mort. Enfin, l'écusson de du Guesclin est d'argent, à l'aigle éployée (à deux têtes) de sable, membrée et becquée de gueules, — tandis que les armoiries tracées sur la cotte d'armes de la statue sont une croix cantonnée de seize alérions : armoiries connues de tout le monde pour celles des Montmorency [1], et qui ne permettent aucun doute sur le personnage représenté par cette statue. C'est le célèbre connétable Anne de Montmorency, né en 1493, mort en 1567, chevalier de l'ordre de Saint-Michel en 1522, de la Jarretière en 1534, et pour qui la seigneurie de Montmorency fut érigée en duché-pairie en 1551. Non seulement les armoiries, mais tous ces insignes, incompatibles avec la figure de du Guesclin — la couronne ducale et les deux ordres — se trouvent par là parfaitement justifiés. Nous le répétons, le doute n'est pas possible : le procès-verbal de la Société Archéologique d'Ille-et-Vilaine du 8 mars 1887 l'établit nettement.

1. D'or, à la croix de gueules, cantonnée de 16 alérions d'azur (qui sont des aiglons sans bec ni pattes).

Dans sa séance du 5 avril suivant, la Société, informée que le plâtre en question avait reçu au Musée de Rennes l'inscription mensongère : *Du Guesclin, connétable de France,* renouvela sa protestation. Elle la renouvela plus vivement encore dans sa séance du 17 mai 1887, quand son vice-président, M. ***, eut mis sous ses yeux la photographie du Du Guesclin de Bridan, aujourd'hui dans la cour de Versailles, et celle du plâtre envoyé à Rennes sous ce nom ; elle chargea son excellent vice-président de faire parvenir à la direction des Beaux-Arts — par l'intermédiaire de M. le Maire de Rennes — les deux photographies, avec demande d'une rectification nécessaire, fondée sur les constatations de la Société Archéologique, et qui rendrait au plâtre son vrai nom : Anne de Montmorency.

M. *** s'acquitta fidèlement de cette tâche. La réclamation étant parvenue au ministère, la direction des Beaux-Arts répondit, le 22 juin 1887, qu'en effet les deux photographies, mises en regard l'une de l'autre, « ne per« mettent point de confondre les deux œu« vres ; qu'il y a là « une méprise *tout au* « *moins apparente* » (oh ! oui, très apparente !) ; on consent même à reconnaître que « les alé« rions gravés sur la tunique *font songer aux* « *Montmorency.* » On y songerait à moins, puisque ce sont là les armes exclusivement propres à cette illustre race. « Mais (ajoute la « direction des Beaux-Arts), ni Clarac, ni Ga« vard, ni les gravures fort nombreuses, con-

« servées au Cabinet des Estampes dans les « portefeuilles qui constituent l'iconographie « des Montmorency, ne nous ont permis de « nommer avec certitude le personnage re- « présenté. Le style de l'ouvrage qui nous « occupe autorise à en rechercher la date « entre 1830 et 1850 [1]; tous les catalogues « des Salons ouverts durant cette période ont « été compulsés sans résultat; pas une statue « de Montmorency n'a été exposée entre 1830 « et 1850. Il y aurait donc *inconvénient* à ca- « taloguer la statue sous le nom d'Anne de « Montmorency. C'est mettre trop de précision « *là où le doute subsiste*. Il sera *plus sage* de « l'enregistrer jusqu'à nouvel ordre sous la « mention *vague* de GUERRIER DU XVIe SIÈ- « CLE... Je donne l'ordre de poursuivre l'en- « quête. »

Il y avait un point au moins sur lequel nul doute ne pouvait *subsister :* c'est que les armoiries figurées sur la cotte d'armes sont celles des Montmorency; donc on avait voulu représenter un « *Montmorency du XVIe siècle,* » et à quel Montmorency du XVIe siècle le XIXe pouvait-il songer à dresser une statue, sinon au connétable? Raisonnement trop simple, trop terre à terre pour convaincre des esprits absorbés par leurs profondes recherches dans

1. Dans sa lettre du 15 mars 1887, la direction des Beaux-Arts avait une autre opinion sur « le style de l'ouvrage, » puisqu'elle le représentait comme ayant figuré « au Salon de 1817 sous le n° 800. »

Clarac, Gavard, les catalogues de 1830 à 1850, etc.

Zèle très méritoire, assurément, mais, hélas! fourvoyé sur une fausse piste. Au lieu de pâlir sur les portefeuilles du Cabinet des Estampes, si l'on avait consulté un livre bien banal (mais fort utile), le catalogue du Musée de Versailles de M. Eudore Soulié, et qu'on se fût donné la peine de comparer la photographie du plâtre de Rennes avec les quatre morceaux de sculpture figurant sur ce catalogue au nom d'Anne de Montmorency, on aurait bientôt été fixé; car entre la statue en plâtre de ce personnage placée dans l'escalier n° 97 du palais de Versailles, inscrite au catalogue sous le n° 1928, et qui est une œuvre de Pradier [1], — entre cette statue et le plâtre de Rennes on eût nécessairement constaté une identité parfaite, qui aurait levé tous les doutes.

Quoi qu'il en soit, la lettre du 22 juin 1887 ayant été communiquée à la Société Archéologique d'Ille-et-Vilaine, celle-ci, pour qui nul doute ne subsistait plus, ne put que souhaiter bonne chance aux recherches de la direction des Beaux-Arts.

Ces souhaits ne furent pas exaucés. Cependant la direction des Beaux-Arts s'était adressée cette fois au catalogue du Musée de Versailles; mais voici ce qu'elle y avait découvert

1. Voir le Catalogue du Musée de Versailles, par M. Eudore Soulié, t. II, p. 76.

et ce qu'elle notifia à M. le Maire de Rennes le 13 août 1887 : « Cette statue (le plâtre du « Musée de Rennes) n'est pas celle d'Anne de « Montmorency. Elle représente *François de « Lorraine, duc de Guise*. Elle est d'Auguste « Barre. Le plâtre original, obtenu à l'aide du « modèle que vous possédez, est au Musée de « Versailles, dans l'escalier 97, connu sous le « nom d'escalier de Constantine. Vous trou- « verez cette œuvre inscrite sous le n° 1929 « du Catalogue[1]. »

C'est ici un vrai guignon. Cette fois on s'enfonce dans le faux, non pas — comme Martin perdit son âne — faute d'un point, mais pour un point de trop : il fallait s'arrêter à 1928 et l'on va à 1929.

Quant la Société Archéologique d'Ille-et-Vilaine reprit ses séances, le 8 novembre, cette lettre du 13 août lui ayant été communiquée, elle renouvela ses protestations fondées sur l'impossibilité absolue de rapporter à un membre quelconque de la maison de Lorraine une effigie portant pour armoiries personnelles celles des Montmorency[2]; et afin de dégager nettement sa responsabilité, elle décida l'impression dans ses Mémoires des pièces relatives à cette affaire.

1. Voir le Catalogue du Musée de Versailles, par M. Eudore Soulié, t. II, p. 76.

2. Les armoiries de la maison de Lorraine sont d'or, à la bande de gueules chargée de 3 alérions d'argent — écusson tout différent de celui des Montmorency.

De son côté, curieux de savoir si l'identification du plâtre de Rennes (n° 1928 du Musée de Versailles) avec la statue du duc de Guise (n° 1929) avait au moins pour excuse ou pour prétexte une certaine ressemblance entre ces deux œuvres, M. *** obtint quelque temps après, par l'intermédiaire du conservateur du Musée de Versailles, une photographie exacte du n° 1929. Il la communiqua à la Société Archéologique dans sa séance du 13 mars 1888. Le rapprochement de cette photographie et de celle du plâtre de Rennes prouva avec évidence que l'enquête de la direction des Beaux-Arts n'avait pas été sérieuse. Dans le costume, dans l'aspect général, nul rapport entre ces deux statues. Le plâtre de Rennes a la tête coiffée d'un casque sommé d'une couronne ducale; le duc de Guise de Versailles (n° 1929) a la tête nue et le cou pris dans une collerette tuyautée. Le plâtre de Rennes a une cotte d'armes, c'est-à-dire une sorte de tunique flottante, dont les manches descendent au coude et qui cache entièrement son armure depuis les épaules jusqu'à mi-cuisses; le duc de Guise, au contraire, n'a sur son armure aucun vêtement; la cuirasse, les tassettes [1], l'armure des bras sont parfaitement apparentes. Sous les tassettes on voit bouffer le haut de chausses, et la jambe est enfermée dans une botte molle montant au-dessus du genou : dans le plâtre de Rennes, rien de tout cela.

1. Qui couvrent le ventre.

Est-il possible de confondre ces deux statues? Évidemment la direction des Beaux-Arts, ou du moins son commissaire enquêteur, n'avait même pas pris la peine de rapprocher la photographie du plâtre de Rennes (que pourtant on lui avait fournie) de la statue du duc de Guise (n° 1929 de Versailles), dont il lui imposait le nom arbitrairement.

En présence d'une pareille légèreté ou d'un pareil parti pris, — en tout cas, d'une pareille aberration, — il était aussi inutile d'insister qu'il est nécessaire de protester.

M. *** fit réclamer, par l'intermédiaire de la mairie de Rennes, la photographie du Du Guesclin de Bridan et celle du plâtre de Rennes, qui avaient été, de Rennes, communiquées à la direction des Beaux-Arts. En les renvoyant, la direction maintint fièrement l'admirable conclusion de son enquête : le maire avait réclamé la photographie du *Montmorency du Musée de Rennes;* la direction lui renvoie (dit-elle) celle du *François de Lorraine.*

Sur l'identification du plâtre de Rennes avec le n° 1928 du Musée de Versailles — attestée par une enquête officieuse plus exacte que l'enquête officielle — il y avait une apparente difficulté. Par suite d'une erreur d'impression, l'Anne de Montmorency n° 1928 est qualifié au Catalogue de Versailles « buste en marbre; » mais en même temps on lui donne une hauteur de 2m 04 (ce qui est justement la hauteur du plâtre de Rennes), d'où il résulte clairement que ce prétendu buste doit être une statue.

M. *** tint à s'en assurer; il envoya à M. le conservateur du Musée de Versailles la photographie du plâtre de Rennes avec cette question :

« Est-ce cette statue qui figure au Catalogue « du Musée de Versailles d'Eudore Soulié « (t. II, p. 76), sous le n° 1928? »

Et M. le conservateur du Musée de Versailles, quatre jours après, répond sans la moindre hésitation :

« *La statue du connétable Anne de Mont-* « *morency,* dont vous m'envoyez la photogra- « phie, *est bien celle qui figure dans le Cata-* « *logue Soulié, t. II, p. 76, sous le n° 1928.* « Elle est en plâtre et mesure 2ᵐ 04 de hau- « teur. Elle est de Pradier, » etc.

Cette déclaration — arrêt sans appel — met fin au débat. Et pourtant les visiteurs du Musée de Rennes lisent toujours et liront longtemps encore (hélas! nous le craignons) au-dessous du plâtre attribué à ce Musée par l'arrêté du 27 octobre 1886, cette inscription fausse : FRANÇOIS DE LORRAINE, DUC DE GUISE.

Pourquoi? C'est que ce plâtre n'appartient pas à la ville de Rennes, il n'est qu'en dépôt dans son Musée, il appartient à l'Etat qui, par l'organe de la direction des Beaux-Arts, est maître de lui donner le nom qui lui plaît, à tort ou à raison.

On ne doit pas se dissimuler toutefois que

parmi les étrangers qui visitent le Musée de Rennes, beaucoup savent parfaitement bien qu'une statue bardée des armoiries de Montmorency ne saurait être celle d'un membre de la maison de Lorraine, et comme ils ignorent l'histoire que nous venons de raconter, ils s'en vont disant :

— Quels ânes il y a à Rennes!

Pour épargner à notre ville cette injure imméritée — car elle s'est (on vient de le voir) opposée de son mieux à la perpétration de cette ânerie officielle, — n'y aurait-il pas moyen d'établir à petite distance de cette malencontreuse statue un écriteau en beau caractère où on lirait :

« *Le plâtre ci-contre appartient à l'Etat, qui tient à le baptiser duc de Guise. A Rennes nous le tenons pour la statue du connétable de Montmorency, pareille à celle du Musée de Versailles, œuvre de Pradier, portée sous le n° 1928 du Catalogue de ce Musée.* »

La responsabilité de chacun ainsi spécifiée, nul n'aurait à se plaindre, et tout le monde apparemment serait content. Ainsi soit-il!

*
* *

Nous ne dirons qu'un mot de la part assez bruyante prise à cette affaire par la presse.

Un journal local a reproché aux « savants » de ne pas s'être inclinés devant la décision du directeur des Beaux-Arts affublant le plâtre de Rennes du nom de François de Lorraine. On pouvait bien laisser les savants tranquilles ; il n'y a pas besoin de l'être pour distinguer l'écusson de Lorraine de celui des Montmorency ; il suffit pour cela de n'être pas, en histoire, trop ignorant.

Ce qui lève la paille, c'est l'article d'un journal de Paris publié vers la fin de juin 1887. On y enseigne que la « ville de Rennes possède « une statue du connétable de Montmorency ; « qu'une des lumières de l'édilité rennaise » trouvant le connétable trop clérical, « voulut « faire disparaître son image *de la voie pu-* « *blique,* » mais que le maire M. Le Bastard se borna à la *décléricaliser* en la débaptisant pour en faire un Duguesclin. En quoi du Guesclin est-il moins clérical que Montmorency ? On ne le voit guère. Ce qu'on voit bien, c'est l'intention évidente de rejeter sur M. le Maire de Rennes le ridicule uniquement acquis à la direction des Beaux-Arts, car c'est elle, elle seule, qui a voulu métamorphoser Anne de Montmorency en du Guesclin, et c'est M. le Maire de Rennes qui s'y est opposé.

Quant à cette invention d'une statue du connétable de Montmorency à Rennes, *sur la voie publique,* — où il n'y a jamais rien eu de pareil, — nous ne voyons ni le sel ni la portée de cette plaisanterie médiocre.

Cela continue par une autre fantaisie sur

Vercingétorix; avant de la narrer, le journaliste jure qu'il va dire pure vérité. Bien entendu, pas un mot de vrai dans cette bourde, ni même rien qui ait pu servir de prétexte.

Tout cela pourrait être au moins plus spirituel; mais chacun fait ce qu'il peut.

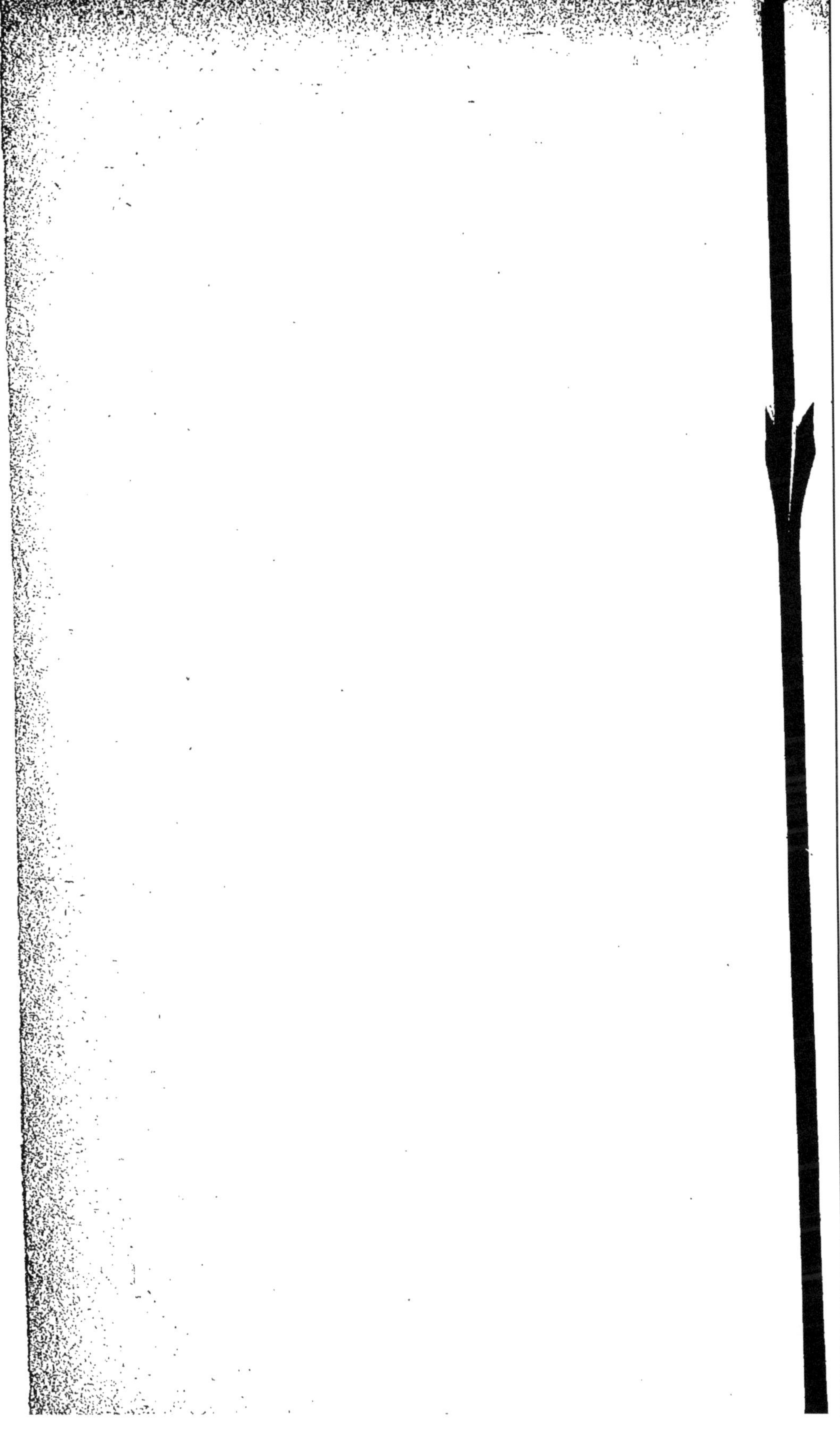

# JACQUES CAMBRY

ET

# LE VANDALISME RÉVOLUTIONNAIRE

DANS LE

DÉPARTEMENT DU FINISTÈRE[1]

Jacques Cambry était né à Lorient, en 1749, d'un père ingénieur en chef des constructions navales de la Compagnie des Indes, qui lui fit donner une instruction très complète, non seulement dans l'ordre des sciences, mais encore dans celui des lettres et des arts. Il compléta cette instruction par des voyages sur mer, des excursions en Angleterre, en Allemagne,

1. D'après le *Catalogue des objets échappés au vandalisme dans le Finistère, dressé en l'an III* par Cambry, président du district de Quimperlé. Nouvelle édition, avec introduction et notes par M. J. Trévédy. Rennes, Caillière, 1889. Un vol. in-8°.

en Suisse, et par une studieuse exploration de l'Italie, où son goût pour les arts, en particulier pour l'art antique devint une véritable passion. Rentré en France après toutes ces pérégrinations, il se mit à écrire. De 1783 à 1789, les bibliographes relèvent jusqu'à six ouvrages publiés par lui, dans les genres les plus variés. Le premier fut un *Essai sur la vie et les tableaux du Poussin* (1783), puis une brochure sur le magnétisme, des *Observations sur la Compagnie des Indes,* une *Notice sur les troubadours,* des *Contes et proverbes* (1784), deux volumes de voyages en Angleterre (1788), etc.

Imbu de la philosophie du XVIII$^{e}$ siècle et issu de la bourgeoisie, Cambry embrassa naturellement les idées et les réformes de 1789, mais dans la pratique il eut toujours une grande modération. Ce n'était point un politique, mais un lettré, un artiste, un amateur passionné de livres et de tableaux, de tous les monuments que la Révolution, dans sa période sinistre et sanglante, se plaisait à détruire avec une rage et une stupidité fanatiques. Pendant ce temps Cambry se tut, s'effaça, parvint à se faire oublier. Après la Terreur, les idées de modération reprenant le dessus, il ne voulut pas refuser ses services à l'ordre qui essayait de renaître, il fut élu président de l'administration du district de Quimperlé.

Alors, comme ferait un artiste dans une ville où vient de passer un tremblement de terre, la première préoccupation de Cambry fut de reconnaître, de recueillir et de sauver les épaves qui autour de lui avaient échappé au cataclysme. C'est pour cela qu'il se fit donner, par un arrêté de la Commission administrative du département du Finistère en date du 26 thermidor an II (13 août 1794), « la charge de parcourir les neuf districts du « département, pour faire la recherche de « tous les objets précieux qui peuvent inté- « resser les progrès des connaissances hu- « maines : statues, tableaux, collections de « minéraux, de coquillages, de livres, de ma- « nuscrits, de plantes rares et étrangères, « d'instruments de physique et de mathéma- « tiques, etc., » avec mission de « rendre « compte à l'administration du département « du résultat de ses recherches et d'indiquer « avec précision les abus à réformer, les dé- « placements à faire, les réunions à opérer, « l'ordre à rétablir dans les dépôts, et, s'il y « a lieu, les mesures à prendre pour leur sû- « reté et leur conservation. » (*Catalogue*, p. 265.)

Cambry se mit à l'œuvre immédiatement, et pendant près de huit mois, jusqu'à la fin de mars 1795, en dépit des glaces et des neiges d'un hiver très rigoureux, il s'y consacra avec une activité incessante et un zèle infatigable.

Les neuf rapports rédigés par lui en conséquence de cette mission forment un volume intitulé *Catalogue des objets* ÉCHAPPÉS AU

VANDALISME *dans le département du Finistère;* et notez que c'est l'administration elle-même de ce département qui les fit réunir et imprimer *sous ce titre* à 500 exemplaires, en vertu d'une décision prise par elle le 12 germinal an III (1er avril 1795). Voilà donc une administration républicaine, qui au lendemain de la Terreur, en présence de tous les acteurs encore vivants de cette époque, atteste officiellement, publiquement, l'existence et les ravages de ce vandalisme révolutionnaire, qu'aujourd'hui de jolis petits sophistes, admirateurs de Robespierre et de Marat, s'efforcent cyniquement de nier. Négations qui font sourire, puisqu'aujourd'hui encore, dans nos monuments, dans nos archives, partout du plus au moins, nous retrouvons les traces, les preuves de ces sauvages destructions.

*
* *

M. Trévédy, dans son introduction, a pris la peine de relever les passages du *Catalogue* de Cambry qui démentent, qui confondent ces négations plus ridicules encore qu'audacieuses. Il a bien fait. Le titre même du livre, son contexte d'un bout à l'autre est la preuve vivante, saignante, — trop saignante, hélas! — des exploits du vandalisme révolutionnaire. Il semble que l'auteur se promène sur les ruines de la civilisation, s'ingéniant péniblement à recueillir les faibles restes des monuments artistiques, scientifiques et littéraires échappés au cataclysme :

« Depuis trois mois, dit-il, j'erre sur des « décombres. Tout est brûlé, détruit, tout « disparu. Des districts entiers n'ont aucun « des moyens nécessaires pour s'instruire, on « n'y trouve aucun professeur, les malades « appellent en vain les médecins. Les écoles « sont désertes, des ivrognes sont chargés de « l'instruction publique, des sauvages de for- « mer les mœurs. Les communes n'ont plus « un livre, pas un tableau, pas une statue, « qui puissent leur indiquer la marche du « goût et du génie! » *(Catalogue,* p. 134.)

Ailleurs, en déplorant la perte d'un fort beau tableau brûlé par les révolutionnaires, Cambry s'écrie :

« Gémissons sur les ravages affreux qu'on « vient d'exécuter en France, *sur ces millions « de monuments détruits!...* Au milieu de la « belle boiserie qui renfermait ce tableau, « gravons sur une table de marbre : Ici fut « un chef-d'œuvre, détruit par des hommes « égarés. *Amis des arts et de l'humanité, « souvenez-vous des jours de Roberspierre!* « Élevez vos enfants dans l'amour du beau, « éloignez d'eux *l'ignorance teinte de sang,* « aveugle mère du fanatisme! » *(Ibid.,* p. 73.)

Inutile d'insister. Ces témoignages répétés et énergiques d'un contemporain et d'un magistrat républicain ne laissent rien subsister des négations effrontées de nos jours. Pourtant si le livre de Cambry n'offrait que cela, malgré l'intérêt de ces témoignages il ne nous apprendrait rien de bien neuf. D'autant plus que, malheureusement — en France surtout hélas! — le vandalisme est de tous les temps, et le savant éditeur de Cambry, M. Trévédy, en donne une belle preuve, quand il nous montre, dans ses notes, trois édifices de Quimper, très curieux par leur antiquité, leurs sculptures, leurs vitraux, leur architecture, que la Révolution avait épargnés et qui ont été sacrifiés, — l'un (la chapelle du Peniti) en 1810 pour l'unique plaisir de tracer une route en ligne droite (p. 27), — l'autre (Notre-Dame du Guéodet) en 1816, démolie et exploitée comme carrière de pierres (p. 22), — le troisième et le plus intéressant de beaucoup, l'église et le cloître des Cordeliers, œuvres élégantes et charmantes du XIIIe siècle, rasées en 1845 pour faire une halle (p. 29). — Vandalisme épais, stupide, anti-artistique, anti-national et anti-patriotique, qui n'a même pas, comme celui de la Terreur, l'excuse du fanatisme politique, si sauvage et si criminel qu'il fût...

En quelque temps. sous quelque prétexte et sous quelque régime que se produise cette manie de destruction des monuments du passé, elle doit être impitoyablement dénoncée, stigmatisée : car, dans son essence, ce n'est autre chose que le mépris des ancêtres et de la solidarité nationale, première source du patriotisme.

*
* *

Or, il y avait beaucoup à détruire en Bretagne au moment de la Terreur, non seulement dans les églises, les abbayes, les communautés religieuses, mais aussi chez les particuliers. Car, un fait des moins connus et des plus curieux, mis en lumière par le *Catalogue* de Cambry, c'est le grand nombre et la richesse des collections de livres, de tableaux, d'objets d'art et de science de toute espèce formées en Bretagne par des particuliers avant la Révolution, et dont la plupart, tombées comme biens d'émigrés sous la confiscation révolutionnaire, prennent place à ce titre dans les rapports de Cambry. On se figure un peu encore et surtout l'on se figurait alors ce fond de Basse-Bretagne comme un repaire impénétrable de barbarie et d'ignorance : et voilà que Cambry nous montre ces prétendus sauvages se plaisant à remplir leurs demeures de livres utiles, curieux et rares, de beaux tableaux et de belles gravures, de collections d'histoire naturelle, d'instruments de physique et de mathématiques, etc. Bornons-nous à quelques exemples.

Au château du Bot près du Faou — outre une bibliothèque dont les épaves apportées à Landerneau, chef-lieu du district, montaient encore à 2,500 volumes — il existait quantité de dessins, de gravures, de tableaux (dont sept chefs-d'œuvre), si bien que la description de cette collection n'occupe pas moins de vingt-trois pages (37 à 70) du rapport de Cambry. Au château de Kerjean, un bel herbier, des tableaux et des dessins (p. 143, 148-149) ; à Brézal, tableaux et dessins en nombre, et une collection d'instruments de physique (p. 145-148) ; aux châteaux de Trevarez et de Kerampuil (p. 212 à 219), belles et bonnes bibliothèques.

A Morlaix seulement, Cambry signale et décrit jusqu'à huit collections importantes, provenant de divers émigrés. La première est celle du vicomte du Dresnay, comprenant grande quantité de belles gravures et une nombreuse biliothèque remarquable par « la reliure, le choix des exemplaires et des éditions » (p. 180-183) ; puis la collection du château de Keranroux, aussi très considérable, composée de livres, dessins, tableaux, instruments de physique, « une *multitude* d'objets d'histoire naturelle, » des bustes en bronze doré, « dix dessins d'Ozanne précieux et bien conservés, » etc. (p. 184-188). Le cabinet d'un avocat, Malescot Kerangouez, contenait, avec une nombreuse bibliothèque, « un amas de minéraux et de coquillages de toute espèce, » un précieux émail de Jean Cousin, etc. (p. 183-184).

Dans la collection de l'émigré Quillien du Merdy, toujours à Morlaix, Cambry signale, entre autres choses, un manuscrit précieux du moyen-âge, d'une fort belle écriture, orné de curieuses peintures en grand nombre ; un recueil de portraits des peintres et architectes d'Italie, un grand nombre d'elzévirs et d'éditions rares (p. 176-178). Dans la maison Lannigou, une bibliothèque « riche, en bon état, très bien entretenue » de 2,400 volumes, des coquillages, des minéraux, des instruments de physique (p. 174-176). Nommons encore les collections de Lesquiffiou, du chanoine Keroulas, de Jolivet, etc. (p. 163 et 175).

Mais de toutes ces curieuses collections particulières, Cambry ne voit et ne décrit que des épaves. lui-même l'avoue sans détour : « Je « ne puis le dissimuler (dit-il p. 190), je suis « informé par la voix publique qu'*une infi-* « *nité de livres et d'ouvrages precieux ont* « *disparu* des diverses bibliothèques, surtout « de celle du ci-devant vicomte du Dresnay. « On me demande partout où sont les belles « gravures de Lesquiffiou, de Kerlaudy, etc... « L'*insouciance* a négligé tous ces objets. » — Ailleurs (p. 143), à propos de livres en grand nombre détruits à Lesneven ou vendus aux épiciers depuis 1791, il s'écrie douloureusement : « Tirons un voile sur ce *tableau désagréable!* » — Malgré tout, les débris de ces collections retrouvés et signalés par Cambry suffisent à montrer ce qu'il faut croire de la prétendue sauvagerie de la Basse-Bretagne avant la Révolution.

*
* *

Cambry est avant tout un artiste et un bibliophile. Il signale avec soin les incunables, qu'il appelle des « impressions de 1400, » c'est-à-dire, antérieures à 1500, et il s'attendrit, on vient de le voir, sur la destruction des elzévirs. Quoiqu'il fût, je crois, un médiocre paléographe, il ne laisse pas de signaler çà et là de beaux manuscrits. Un, entre autres, d'une grande valeur historique et que nous ne connaissons que par lui, c'est celui de la *Chronique rimée de Bertrand du Guesclin* par Cuvelier, provenant des Jacobins de Morlaix (p. 202-204). Qu'est-il devenu? Je l'ignore. Et cette question il y aurait lieu de la poser pour beaucoup des livres et objets d'art décrits dans le *Catalogue* de Cambry. Que sont-ils devenus? où sont-ils aujourd'hui? Les administrations qui se sont succédé depuis la Révolution ont-elles, par leur incurie, achevé l'œuvre lamentable commencée par le vendalisme révolutionnaire, et laissé détruire ou disperser au hasard, sans profit pour personne, les livres et les objets dont le zélé *catalogueur* s'était efforcé d'assurer la conservation? Je pose cette question : aux Finistériens de répondre. Ce qui inspire des craintes, c'est qu'on semble avoir perdu toute trace du manuscrit de la *Chronique de du Guesclin* des Jacobins de Morlaix.

Cambry excelle et se complaît surtout dans les descriptions de tableaux. Il avait une passion pour la peinture, un véritable enthousiasme pour Nicolas Poussin. Les amateurs trouveront plaisir et profit à lire son livre, d'autant qu'il décrit très joliment. Voyez, par exemple, ce calque d'une naïve peinture du moyen-âge, sur vélin, existant chez les Ursulines de Lesneven :

« La Vierge sur son lit de mort, mollement « étendue, pâle mais sans grimace et mourant « sans contorsions, tient un cierge. S. Pierre, « un bénitier à la main gauche, un goupillon « à la main droite, l'asperge; il est vêtu d'un « surplis, d'une chape, il porte l'étole des « prêtres grecs. Le lit, tous les apôtres sont « en blanc; mais l'or placé sans profusion et « les ombres bien disposées, une porte cou-« leur lie de vin, détruisent la monotonie que « ces masses de blanc pourroient produire. « J'oubliais un fort petit diable, qui tire avec « humeur les rideaux de la Vierge, désolé de « ne pouvoir la tourmenter dans les enfers. » (P. 150.)

En dépit de ses préjugés philosophiques contre le moyen-âge, Cambry n'était nullement insensible aux beautés originales des monuments de cette époque, peinture, sculpture, architecture; s'il en relève parfois un peu durement certaines bizarreries, quoi d'étonnant de la part d'un esprit qui avait pour idéal l'art antique? Mais Cambry n'était nullement archéologue, ou du moins son archéologie n'était autre que celle de l'Académie Celtique, dont il fut l'un des fondateurs : archéologie, on le sait, bien démodée. Il ne voulait point admettre de monuments romains en Bretagne; pour lui « l'aqueduc de Carhaix « n'est *certainement* pas romain... mais *gau-« lois* (p. 224). » Passons...

Au Folgoët, il lit ainsi l'inscription gothique gravée extérieurement près de la porte occidentale : *Petrus illustris dux Britonum fundavit illud collegium anno 1178* (p. 154). Cette inscription porte en réalité : « *Johannes illustris dux Britonum fundavit presens collegium anno Domini M IIII<sup>c</sup> XXIII.* » — Cambry, on le voit, était d'une égale faiblesse en archéologie médiévale et en histoire de Bretagne, puisqu'il plaçait Pierre de Dreux en 1178 et confondait le style architectonique du xv<sup>e</sup> siècle avec celui du xii<sup>e</sup>. Mais immédiatement après il se relève. Voyez avec quelle verve il peint, il déplore la destruction des statues du Folgoët :

« La cour du Folgoët ressemble à un champ « de bataille : des milliers de statues de ker- « santon brisées remplissent les chapelles, les « portiques, tous les environs de l'église. Que « de costumes singuliers vont disparaître ! Que « de morceaux curieux vont s'anéantir ! J'ai « compté douze têtes dans une fontaine. Les « roses les plus délicates sont détruites. C'est « là qu'on peut juger de l'étonnant parti qu'un « sculpteur habile peut tirer du kersanton. « Avec quelle délicatesse ces vignes, ces fleu- « rons, ces chapiteaux sont travaillés ! » (P. 154-155.)

Bref, le *Catalogue* de Cambry est un curieux et très intéressant inventaire qui permet de se faire idée des richesses littéraires et artistiques de la Cornouaille et du Léon au xviii<sup>e</sup> siècle, avant les destructions opérées par le vandalisme révolutionnaire. Et ce qui double l'intérêt de cet inventaire, c'est que les objets dont il parle paraissent être aujourd'hui pour la plupart perdus, détruits, ou enfouis on ne sait où.

*
* *

La première édition du *Catalogue des objets échappés au vandalisme dans le département du Finistère* fut imprimée à Quimper, en l'an III, petit in-4°, sur ce papier grisâtre et avec ces affreux caractères usités dans les publications officielles de l'époque révolutionnaire. Aujourd'hui il reparaît sous une forme typographique des plus élégantes : beau papier, beaux caractères, excellent tirage, jolis fleurons en tête et à la fin des chapitres : impression en un mot parfaitement digne des presses d'où elle sort — les presses de M. Le Roy, — et c'est tout dire.

M. le président Trévédy y a joint une piquante introduction où il donne spirituellement — et péremptoirement — la réplique à MM. Goblet et Antonin Proust. Il a mis aussi au bas des pages nombre de notes explicatives ou complémentaires des plus intéressantes.

Cette édition est donc de tout point très supérieure à l'ancienne. C'est un livre, à mon avis, appelé à prendre place dans toutes les bibliothèques bretonnes, non moins curieux pour les amateurs et les artistes que pour les bibliophiles et les historiens.

4*

# CAUSERIE

SUR

# L'ORTHOGRAPHE

La réforme de l'orthographe ou, pour mieux dire, la question des améliorations à introduire dans l'orthographe française, est aujourd'hui à l'ordre du jour. Il n'est guère de revues et de journaux qui ne jugent bon de disserter sur ce sujet, souvent avec plus d'aplomb que de compétence, et avec une grande diversité d'opinions. En un point pourtant tous les articles que nous avons lus se ressemblent : ils posent mal la question.

A les entendre, le débat s'agiterait exclusivement entre le système *phonétique* et le système *étymologique* : le premier qui prétendrait calquer fidèlement, servilement même, l'orthographe sur la prononciation ; le second, jaloux de conserver dans la forme des mots français la trace de leur origine, et qui pour ce motif repousserait toute modification de l'orthographe actuelle.

Mais l'application rigoureuse du système *phonétique* est impossible, d'abord, comme on l'a dit, à cause des variétés de prononciation existant en're les diverses provinces de France, puis surtout parce que cette exacte application entraînerait la suppression d'un grand nombre de flexions grammaticales; le signe du pluriel disparaîtrait partout, et presque partout aussi celui du féminin; dans la plupart des cas il n'y aurait plus de différence entre la troisième personne du singulier et celle du pluriel, etc. Une langue ainsi mutilée et privée de flexions grammaticales serait un chaos, une impossibilité.

D'autre part, les partisans du système étymologique, qui réclament le maintien absolu du *statu quo*, sont fort inconséquents, car il y a dans le Dictionnaire actuel (nous le montrerons tout à l'heure) beaucoup de mots dont l'orthographe se trouve en contradiction avec l'étymologie; il faudrait donc tout au moins admettre l'utilité d'une réforme qui ferait cesser cette contradiction.

Pour ma part, je suis partisan convaincu de l'orthographe étymologique : il est utile que les mots portent dans leur forme leur histoire, leur origine, car c'est leur origine qui nous enseigne leur signification primitive, leur valeur réelle et leur légitime usage. Mais si j'ai le respect de l'orthographe étymologique, je n'en ai pas la superstition, et je ne crois pas que l'on doive, sous ce prétexte, surcharger les mots de lettres parasites propres à induire en erreur les enfants, les étrangers, sur la vraie prononciation dans un assez grand nombre de cas. Je ne crois point surtout que l'on doive s'attacher à défendre des formes opposées à l'étymologie, ou repousser certaines simplifications qui n'y sont nullement contraires.

Ainsi, dans les mots français sortis de mots grecs qui renferment la lettre *fi* (φ), cette lettre, suivant l'orthographe actuelle, est tantôt représentée par *ph*, tantôt par *f*. On écrit *ph*ilosop*h*ie, *ph*énomène, *ph*os*ph*ore, etc., et, en même temps, *f*antaisie, *f*aisan, *f*antôme, etc. Les six mots grecs d'où viennent ces six mots français ont un φ partout : pourquoi représenter cette unique lettre grecque par un caractère double, *ph?* Qu'y a-t-il là d'étymologique? Je sais bien que c'était l'orthographe latine; mais la racine de ces mots est grecque, en grec il n'y a qu'un caractère, φ; il est donc absolument conforme à l'orthographe étymologique de représenter cet unique caractère par une lettre unique, *f*, plutôt que par un groupe de deux lettres, *ph*, dont la prononciation, en cette circonstance, est une anomalie, puisque l'*h* en français est une lettre muette. — Je verrais donc sans aucune peine ce *ph* disparaître partout et faire place à l'*f*.

Je sacrifierais aussi assez volontiers les lettres doubles, du moins là où elles n'ont dans la prononciation que la valeur d'une lettre simple. Mais si l'on s'effraie d'aller jusque-là, au moins faut-il dès maintenant supprimer celles de ces lettres doubles qui sont contraires à l'étymologie, et sans chercher beaucoup on en peut citer de nombreux exemples.

Tonnerre vient du latin *tonitru* : les deux *r* peuvent se défendre parce qu'elles représentent le groupe *tr*; mais pourquoi deux *n*, quand il n'y en a qu'une dans le latin? Pourquoi deux *l* dans échel*l*e, qui vient de *scala?* Le système de l'orthographe étymologique ne condamne-t-il pas, entre autres, à perdre une *n* les mots suivants : ho*nn*eur qui vient de « ho*n*or, » — ho*nn*ête, de « ho*n*estus, » — e*nn*emi, « d'i*n*imicus, » — mo*nn*aie, de « mo*n*eta, » — so*nn*er, de « so*n*are, » — do*nn*er, de « do*nare*, » — étre*nne*, de « stre*n*a, » — ordo*nn*er, de « ordi*n*are, » etc.

Ne serait-il pas bon aussi de faire cesser l'étrange contradiction existant entre des mots absolument analogues, dont les uns sont gratifiés de doubles lettres, les autres réduits à une simple, par exemple : aba*t*is et aba*tt*oir, — cha*rr*etier et cha*r*iot, — cou*r*eur et cou*rr*ier, — conso*nn*ance et disso*n*ance, — canto*n*al et canto*nn*ier, — démaillo*t*er et emmaillo*tt*er [1], — patro*n*age et patro*nn*er, — to*nn*er et déto*n*ation, etc.?

Est-ce donc être bien révolutionnaire de demander à l'Académie une petite réforme, qui supprimerait ces choquantes contradictions et toutes autres du même genre?

1. La dernière édition du Dictionnaire de l'Académie a enfin réduit emmaillo*t*er à un seul *t*, et conso*n*ance à une seule *n*; mais il en reste beaucoup d'autres.

Revenant à l'orthographe étymologique, on me permettra de signaler une lettre qui, au nom de l'étymologie, devrait disparaître d'un grand nombre de mots de la langue française. C'est l'*y*.

L'*y-grec*, comme son nom l'indique, représente nécessairement une lettre grecque, l'*upsilon* (υ) ; dès lors on ne devrait le voir figurer que dans les mots de notre langue qui viennent du grec. Il en est tout autrement. Ce fallacieux y-grec s'est insinué dans une foule de mots où le grec n'a rien à voir ; exemples : pa*y*er, pa*y*s, essa*y*er, effra*y*er, essu*y*er, ennu*y*er, éta*y*er, appu*y*er, etc. Ces y-grecs, qui ne représentent rien de grec, sont ridicules, surtout au point de vue étymologique, et parfaitement inutiles, car notre *i* français, soit simple, soit surmonté d'un tréma, suffirait parfaitement pour la prononciation.

Cet envahissement ne s'est pas borné aux verbes et aux noms communs, il s'est étendu aussi aux noms propres de lieux et de personnes. Quand il s'agit de noms patronymiques, il n'y a rien à faire ; mais que dire de ces bons Français ayant pour prénoms Henri, Aimeri, Méri, etc.. et qui se plantent bravement pour lettre finale un *y-grec*, alors que la finale primitive de ces noms (Mede*ric*, Aime*ric*, Hein*rich*) est tout ce qui ressemble le moins à un *upsilon ?*

Les noms de lieux sont largement infestés de cette lèpre ; l'orthographe officielle écrit Auray, Savenay, Civray, etc. ; Vitry, Livry,

Coucy, etc., et de même par un *y* tous les noms de lieux en *i*, en *ai* et en *ei*, alors qu'il est depuis longtemps certain, universellement reconnu, que ces finales représentent la désinence primitive (latine ou celto-latine) *iacus* ou *iac*, dans laquelle on chercherait vainement la moindre trace de grec.

Ces prodigieuses et déplorables usurpations de l'y-grec dans notre orthographe sont dues aux pédants du XVI^e siècle, qui méprisaient le français et se posaient, à tort et à travers, en hellénistes pour exciter l'admiration du public :

> Du grec! ô ciel, du grec! Il sait du grec, ma sœur!
> ... Quoi, Monsieur sait du grec! Ah! ne mettez, de grâce,
> Que, pour l'amour du grec, Monsieur, on vous embrasse.

Il serait temps de rendre à notre orthographe nationale sa vraie et primitive forme, en la débarrassant de cette vieille défroque.

Quant aux lettres que j'ai appelées parasites, muettes dans la prononciation, ayant pour unique objet de rappeler l'étymologie du mot, notre langue, dans sa formation première, franche, naturelle, spontanée et nationale — du XI^e au XIII^e siècle — les avait réduites au minimum nécessaire; ce fut encore les savants de la Renaissance, frottés de grec et de latin, qui les multiplièrent jusqu'à la nausée; on en a pas mal ôté depuis lors, mais il en reste encore trop. J'ai vu plus d'une fois des écoliers s'obstiner à prononcer « ba*p*-tême, » et quand on leur ordonnait de dire « batême » :

— Pourquoi ce *p* alors ? s'écriaient-ils.

— Parce que ce mot, répondait-on, vient du grec βαπτω et du latin *baptisma*.

— Bon, reprenaient-ils, pour le grec et le latin, parce que dans ces langues on prononçait le *p*; mais si en français on ne le prononce pas, pourquoi le mettre ?

Et de fait ils avaient raison, car sans cette lettre l'étymologie reste assez claire ; et ce qui le prouve de reste. c'est qu'il existe un mot de cette famille privé de *p* et qui ne s'en trouve pas plus mal : c'est la *batiste*, toile légère, ainsi nommée à cause de son inventeur *Baptiste*, dont on voit la statue à Cambrai.

Le mot *temps*, pendant longtemps, s'est écrit, en orthographe régulière, *tems* sans *p*, et nul n'a entendu dire que durant cette période on ait jamais hésité à voir en lui l'héritier direct du latin *tempus*.

Il y a cependant des lettres muettes à garder, comme *g* dans san*g*, *d* dans tar*d*, car si on les supprimait on ne comprendrait plus la formation des dérivés, tels que san*guin*, san*glant*, etc., tar*dif*, tar*der*, etc.

Dans *corps*, dans *doigt*, le *p* et le *g*, quoique parfaitement muets, servent à distinguer pour l'œil le premier de ces mots de *cors* (aux pieds), le second de *doit* et avoir. Or, la clarté est une si belle chose, une qualité si éminente dans une langue, que tout ce qui tend à prévenir les confusions, les quiproquos, mérite d'être conservé.

Aussi n'abandonnerais-je à aucun prix, quoi qu'on puisse dire, les accents muets chargés de distinguer entre eux, du moins pour l'œil, divers monosyllabes composés des mêmes lettres, avec des sens différents, qui reviennent sans cesse et se mêlent souvent dans le discours, par exemple : *la* article, et *là* adverbe, — *a* verbe, et *à* préposition, — *ou* conjonction, *où* adverbe, etc. La clarté est la qualité maîtresse et caractéristique du français : gardons avec soin tout ce qui, dans la langue parlée ou écrite, tend à la clarté.

Des diverses observations qui précèdent (qui ne sont d'ailleurs qu'une simple causerie), voici la conclusion. Une réforme radicale de l'orthographe française est impossible ; si on la tentait, elle serait nécessairement déplorable, il n'y a pas à y songer. Mais il y a beaucoup d'améliorations de détail, et surtout des simplifications, qui pourraient être fort utiles ; de plus, il est urgent, indispensable, d'appliquer à l'orthographe quelques principes rationnels propres à empêcher les désordres et les contradictions injustifiables, parfois ridicules, dont j'ai signalé certains exemples.

Et puisque l'Académie Française s'occupe de préparer une nouvelle édition de son Dictionnaire, on fait bien de s'adresser à elle par voie de requête et de lui demander ces améliorations.

— Requête inutile ! objectent les contradicteurs. L'Académie n'a ni le droit ni le pouvoir de modifier la langue ; tout son droit et son pouvoir est d'enregistrer « l'usage. »

C'est là, je crois, une double erreur. Quant au droit, il est certain que l'opinion publique de la classe lettrée accorde à l'Académie, dans le gouvernement de la langue, non une dictature sans frein, mais un pouvoir modérateur assez étendu. En fait, et en ce qui touche l'orthographe, si l'Académie n'abuse pas trop de son pouvoir, elle est sûre aujourd'hui plus que jamais d'une obéissance ponctuelle, immédiate, universelle. Pourquoi ? parce qu'il y a partout des imprimeries, et dans chaque imprimerie un exemplaire du Dictionnaire de l'Académie, qui pour les compositeurs, le prote et les correcteurs, est à lui seul, on peut le dire, *la loi et les prophètes*. En veut-on une preuve? Dans sa dernière édition, l'Académie a fait une réforme, très mauvaise selon moi, très irrationnelle, en supprimant le trait d'union qui unissait naguère le mot *très* à l'adjectif élevé par cette jonction à la puissance du superlatif. *Très* n'étant actuellement dans notre langue qu'un affixe et ne pouvant s'employer seul, il était logique, on pourrait dire nécessaire, de l'unir, de le lier en quelque sorte par un signe visible au mot dont il devait élever la valeur. J'essayai donc bravement de lutter contre cette fâcheuse suppression, je maintins sur mes manuscrits les traits d'union ; je les rétablis obstinément sur l'épreuve quand le compositeur les supprimait, c'est à dire toujours. Mais le tout en vain. Dans cinq ou six officines typographiques où je tentai cette résistance, je fus battu à plate couture : impossible d'obtenir un seul trait d'union. Et cependant, pour sûr, ni l'usage ni l'opinion ne réclamaient cette reforme : l'année précédente, dans les premiers mois encore de l'an 1878, on mettait des traits d'union partout parce que le Dictionnaire de l'Académie en avait, et personne ne s'en plaignait. Trois mois après la naissance de la nouvelle édition, on n'en mettait plus nulle part, et c'est resté de même jusqu'à présent. Que l'Académie les rétablisse demain, après-demain partout on en verra.

Il est donc sûr que les améliorations orthographiques décrétées par l'Académie Française seraient aujourd'hui adoptées, appliquées immédiatement; ce qui est moins sûr, c'est qu'elle en veuille décréter. Non qu'elle se pique d'immobilité. Si l'on consulte les diverses éditions de son Dictionnaire, on voit qu'elle marche au contraire, mais elle marche avec une sage lenteur et surtout avec une très lente sagesse.

Corneille, dès le milieu du XVIIe siècle, réclamait la suppression de l'*s* et son remplacement par un accent dans les mots *teste, espée, apostre*, et autres semblables; on demandait aussi la suppression du *d* (lettre muette) dans *advocat, adventure*, etc. L'Académie, dans la première édition de son Dictionnaire, en 1694, repoussa toutes ces réclamations. Elle ne les admit et les adopta que dans sa troisième édition, en 1740.

A cette époque, Voltaire lui adressait de nouvelles requêtes : il demandait, entre autres, que l'on écrivît *Français* et non *François; connaissais, mangeais, aimais*, et non *connoissois*, etc., car dès lors tout le monde prononçait *ai* et non *oi*. L'Académie résista bravement pendant près d'un siècle... jusqu'en 1835.

Il ne faut pas que cela nous empêche de lui présenter nos demandes : s'il naît aujourd'hui en France un nouveau Chevreul, il pourra bien les voir exaucées sur la fin du xxe siècle...

A moins pourtant que, par ce temps de chemins de fer, de vapeur et d'électricité, l'Académie, elle aussi, ne change ses allures et ne prenne le mors aux dents.

# SAINT MELAINE

## ÉVÊQUE DE RENNES

—

### *Son rôle dans la fondation de la monarchie française.*

Le précepte : « Père et mère honoreras afin de vivre longuement » n'a pas seulement été porté pour les individus, mais aussi, et plus encore peut-être, pour les races, les villes, les peuples. Car le respect des ancêtres, le culte des grands hommes, des fondateurs de la cité ou de la nation est une part essentielle du patriotisme, et sans patriotisme les nations vivent peu.

Les Bretons ont le respect des ancêtres ; ils n'ont pas au même degré le culte des grands hommes et des grands noms nationaux. Il y a cependant chez eux quelques cantons, quelques villes qui savent à cet égard faire leur devoir, Saint-Malo, entre autres, qui a dans son hôtel-de-ville une salle consacrée aux portraits des Malouins célèbres, et une autre ornée de tableaux représentant les évènements mémorables de l'histoire de la cité.

Excellent exemple — et que Rennes ferait bien de suivre. Rennes, au contraire, est ou semble fort insoucieuse de son passé et de ses hommes célèbres. Quelques-uns de ces derniers ont vu depuis un certain temps leurs noms inscrits sur les plaques de quelques nouvelles rues — et c'est tout. La magistrature seule a tenu à honneur de dresser devant son palais les statues de ses illustrations. Mais les autres, où sont-ils? qui les connaît? qui s'en doute?

Les modernes, il faut le dire, n'ont à cet égard aucun privilège sur les anciens. Alexandre Duval, par exemple (mort en 1842), l'unique académicien né à Rennes, longtemps la gloire et la principale ressource de la Comédie Française, et dont le théâtre se recommande par des qualités précieuses, la verve, l'esprit, la gaîté, les ingénieuses péripéties, — Alexandre Duval n'a ni un buste, ni même la moindre plaque sur la voie publique. Pourtant il n'était pas seul de sa race : ils étaient trois, — trois frères, tous trois bien doués, et dont deux de leur vivant ont été célèbres; car Amauri, membre de l'Académie des Inscriptions, n'avait guère moins de réputation comme érudit et comme critique d'art qu'Alexandre comme auteur dramatique, et le troisième frère, Henri Duval, le moins connu, a laissé des ouvrages historiques qui ne sont point sans mérite. Voilà certes une famille qui fait honneur à sa ville natale et dont le nom mérite d'y être conservé. Néanmoins, à Rennes rien ne le rappelle, et nul ou peu s'en faut — par conséquent — ne se le rappelle.

A l'autre bout de l'ère chrétienne, voici le premier évêque de Rennes qui ait un nom dans l'histoire — *Melanius* — ou, comme nous l'appelons aujourd'hui, saint Melaine. Lui, à la vérité, il possède à Rennes une rue de son nom, pas la plus belle de la ville, l'une des plus longues en revanche et des plus vieilles. Mais un saint, un saint local, un pasteur et un patron de la cité, ce n'est pas une rue, c'est une église qu'il lui faut. Il en avait une naguère, et dont la propriété lui semblait assurée par le titre et le droit le plus légitime, puisque dans son origine ce sanctuaire était justement la basilique élevée sur la tombe du saint évêque, devenue ensuite et restée pendant de longs siècles, sous son patronage et son vocable, une illustre abbaye. Saint Melaine n'avait que cette église dans sa ville épiscopale : eh bien, on la lui a prise; au bout de quatorze cents ans de possession non interrompue, on l'a un beau jour mis à la porte, comme un maître ingrat ferait d'un serviteur affaibli par l'âge qu'il remplace dans sa fonction : et encore, aggravation notable! la porte à laquelle on a mis saint Melaine est celle de chez lui et on l'a dépouillé de tout son bien.

J'ai toujours été péniblement affecté par cette *mise à la retraite* du vieux et vénérable pontife, qui est comme le patron naturel de Rennes. On me dira, je le sais, que si on l'a dépouillé, c'est en faveur de la mère et de la patronne de tous les chrétiens, la très Sainte Vierge, et que le bon saint lui-même, du haut du ciel, a certainement ratifié sa spoliation. C'est une générosité dont il serait bien capable, mais qui n'atténue en rien, dans la circonstance, l'ingratitude de ses ouailles, et qui laisse tout à fait irrésolue la question de savoir dans quels sentiments la Mère du Christ a dû accueillir l'offrande de cette église, ravie à l'un de ses meilleurs serviteurs.

Cette histoire me rappelle toujours, invinciblement, un conte oriental que j'ai lu jadis. Dans une ville de Syrie — Alep ou Smyrne, — le grand-vizir Mohamed fait son entrée solennelle; les habitants jaloux de briguer sa faveur lui portent des présents. L'un d'eux, ne trouvant chez soi rien à offrir, vole la poule de son voisin et la présente au vizir. Celui-ci, instruit du fait, crie au donneur de présent d'un ton irrité : « Pourquoi donc es-tu allé voler la poule de ton voisin? Tu sais parfaitement que je n'en ai nul besoin, que j'en ai à revendre, des poules, des poulets, et de toute sorte de richesses. Lui, au contraire, le pauvre homme, n'avait que cette poule; tu lui as pris tout son bien. Va la lui rendre au plus vite et demande-lui pardon à genoux, et fais-lui en outre mille remerciements, car s'il n'était venu d'avance me demander ta grâce, je t'aurais fait donner cent coups de bâton! »

le roi des Franks Ripuaires établis à Trèves, ni ceux des tribus Saliennes de Térouanne et de Cambrai, qui avaient suivi Childéric comme leur supérieur, comme le chef principal de leur race, ne voulurent continuer cette déférence à un enfant de quinze ans.

La tribu franke soumise à la royauté de Clovis pouvait compter environ six mille guerriers [1], et le territoire possédé par elle répondait à la Belgique actuelle, moins la province de Liége. C'était bien peu de chose en face des deux monarchies barbares — celle des Wisigoths et celle des Bourguignons ou Burgondes — qui occupaient les plus belles contrées de la Gaule : les Burgondes couvrant de leur domination toute la Suisse actuelle et toute la partie de la France actuelle qui forme les bassins du Doubs, de la Saône et du Rhône jusqu'à Avignon; — le vaste royaume des Wisigoths embrassant (outre l'Espagne) tout le territoire gaulois étendu de la Loire aux Pyrénées, aux deux mers et au Rhône, y compris Marseille et Arles, la capitale administrative de la Gaule romaine, devenue en 480 celle du puissant roi Euric.

Entre ces deux monarchies et les contrées septentrionales où campaient les tribus frankes restait un large territoire, libre jusqu'à ce moment des dominations barbares, divisé

1. Voir Pétigny, *Études sur l'histoire, les lois et les institutions de l'époque Mérovingienne* (1851), tome II, p. 417-418.

par la Seine en deux régions : 1° entre ce fleuve, l'Yonne et la Somme, la province dite Lyonnaise quatrième (ou Sénonaise), et les cités méridionales de la seconde Belgique : province et cités demeurées de tout temps et jusqu'à la fin fidèles à la cause de l'Empire; 2° tout le territoire compris entre la Seine, la Loire, la Manche et l'Océan, composé des deux provinces Lyonnaise deuxième et Lyonnaise troisième, dont les peuples, connus sous le nom de *cités armoricaines,* après s'être détachés de l'Empire au commencement du V<sup>e</sup> siècle et avoir formé assez longtemps une confédération indépendante, étaient revenus depuis une vingtaine d'années à l'alliance et à la cause de l'Empire par crainte des Wisigoths et des Burgondes, odieux aux Armoricains non pas seulement comme barbares, mais surtout comme ariens, hérétiques, persécuteurs du catholicisme orthodoxe, auquel les Gallo-Romains étaient au contraire fort attachés.

En face de ce grand territoire armorico-romain, en face des deux royaumes fortement établis des Bourguignons (ou Burgondes) et des Wisigoths, Clovis, relégué dans la cité de Tournai et dans les marais de la Batavie avec son petit bataillon de cinq ou six mille hommes, fait là, il faut l'avouer, piètre figure. — Une vingtaine d'années plus tard, il n'en sera pas moins le maître, le dominateur de toute la Gaule; il aura accompli la plus grande œuvre politique des temps nouveaux, et fondé sur un roc indestructible la monarchie, la nation française.

## II

Comment se réalisa cette œuvre, si invraisemblable, si impossible même en apparence, lors de l'avènement de Clovis? Par le glaive sans doute pour une partie, plus encore par le conseil, par la prudence et la politique du prince, mais surtout par la sagesse, par l'habileté et par la crosse des évêques gaulois.

En Gaule, les indigènes, les Gallo-Romains à la fin du v^e^ siècle étaient tous (à peu d'exceptions près) catholiques de foi vive et orthodoxe. Leurs maîtres barbares, au contraire, les Wisigoths, les Burgondes et leurs princes, étaient ariens, — ariens fervents, sectaires, vexateurs des orthodoxes. De là, entre eux et la masse de la population gallo-romaine un ferment toujours actif de division et de haine, un obstacle permanent à toute union durable et sérieuse entre ces deux éléments.

Les Franks, eux, étaient païens, mais d'un paganisme tiède, tranquille, inoffensif, nullement persécuteur. Childéric, dans ses grandes expéditions à travers la Gaule, s'était toujours bien arrangé avec les catholiques et leurs évêques, et ceux-ci comptaient si bien sur les bonnes dispositions de son successeur que, dès l'avènement du jeune Clovis, le pontife le plus vénéré et le plus considérable du

Nord de la Gaule, Remigius (saint Rémi), évêque de Reims, le saluait en ces termes :

« Une grande nouvelle nous arrive : vous « venez de prendre sous d'heureux auspices « la direction des choses de la guerre. A « cela rien d'étrange : vous êtes dès le prin- « cipe ce que vos pères ont toujours été. Ce « qui importe, c'est que la sagesse du Sei- « gneur ne se retire pas de vous. Entourez- « vous de conseillers qui ajoutent à votre « bonne réputation. *Honorez les évêques et « recourez en tout temps à leurs conseils; si « vous vous entendez avec eux, tout ira bien « dans votre gouvernement*. Protégez les ci- « toyens, soulagez les affligés, secourez les « veuves, nourrissez les orphelins, pour que « tous vous aiment et vous craignent en même « temps[1], » etc.

Ainsi l'action de Clovis, même avant la conversion de ce prince, fut soutenue, favorisée par les principaux évêques gallo-romains. Or à cette époque, en Gaule, — dans toutes les contrées non soumises aux Wisigoths et aux Burgondes, restées jusqu'au bout fidèles à l'autorité et à la cause de l'Empire, — depuis la chute de l'Empire et la disparition de la puissance impériale, l'autorité réelle, la direction politique était tout entière passée aux mains des évêques. Voulez-vous en voir la preuve et en connaître la cause?

1. Voir Du Chesne, *Historiens de France*, I, p. 849.

Ouvrez ceux de nos historiens qui ont étudié avec plus de soin cette curieuse époque; je n'en citerai que deux : Dubos, qui date du dernier siècle (1742), mais dont l'*Histoire de l'établissement de la monarchie française* est une œuvre magistrale dont le mérite est de plus en plus apprécié, — et les *Études sur l'époque mérovingienne* de M. de Pétigny (1851), qui ont obtenu les suffrages et les couronnes de l'Académie des Inscriptions.

## III

« Les évêques, dit M. de Pétigny, n'étaient pas seulement alors les chefs de la milice sainte, les pères de l'Église; ils étaient les représentants, les défenseurs, les organes des populations catholiques. Lorsqu'un siège était vacant, le peuple chrétien tout entier désignait par ses suffrages celui qui devait s'y asseoir. Le haut clergé n'intervenait dans ces élections que pour en régler les formes et en réprimer les abus; il proposait souvent les choix, les dirigeait presque toujours, mais ne les imposait point, et à part quelques causes d'indignité prévues par les canons ou admises par l'usage, aucune condition exclusive ne restreignait la liberté du vote. Le laïque élu évêque ne se séparait point de sa femme; seulement il devait vivre avec elle dans un état de continence parfaite.

« Émanés du peuple par leur élection, ap-

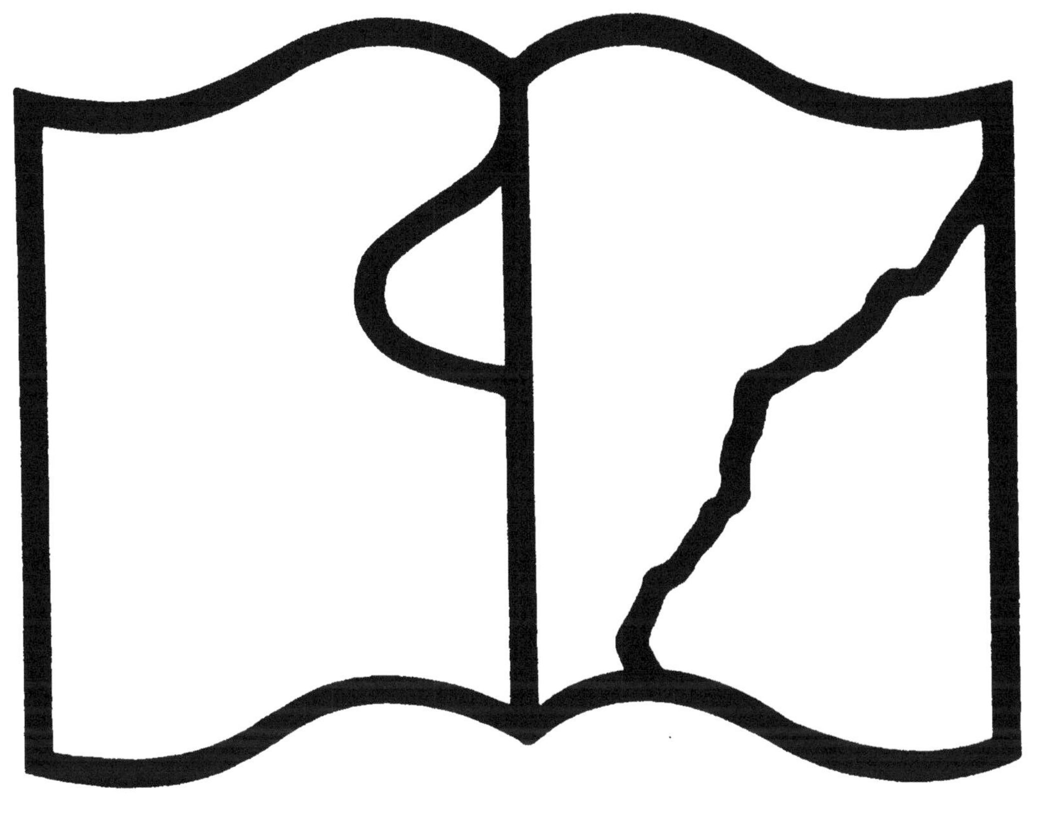

Texte détérioré — reliure défectueuse

**NF Z 43**-120-11

partenant presque tous à l'aristocratie (gallo-romaine) par leur naissance, les évêques réunissaient toutes les conditions qui créent les influences politiques fortes et durables. Nous avons vu en plusieurs occasions quelle part active ils prenaient dans le Ve siècle aux affaires publiques. De là vint que le peuple considéra la dignité épiscopale comme politique autant que religieuse, et cherchant avant tout dans son évêque un protecteur, s'adressa de préférence aux hommes qui par leur mérite et leur position sociale avaient la puissance et la capacité nécessaires pour défendre la cité qui les plaçait à sa tête. Aussi, dans toutes les contrées de la Gaule qui n'appartenaient point aux Barbares, l'autorité réelle était entre les mains des évêques, chefs électifs des cités, et tous les intérêts du pays se traitaient dans leurs conciles provinciaux, dont les assemblées étaient fréquentes [1]. »

Dubos, de son côté, insiste d'abord sur l'influence acquise aux évêques par les prérogatives de leur charge dans l'ordre temporel :

« Je parlerai de nos évêques (dit-il) uniquement comme de citoïens qui tenoient un grand rang dans leur patrie et qui avoient beaucoup de part aux révolutions. Les droits attachés à la dignité épiscopale ne pouvoient manquer de leur donner une grande considé-

1. Pétigny, *Études sur l'histoire, les lois et les institutions de l'époque Mérovingienne* (1851), t. II, p. 271, 272, 273 et 342.

ration et un grand crédit dans la société. — Durant le V^e siècle, les évêques avoient le pouvoir de disposer, ainsi qu'ils le jugeoient à propos, des biens de leurs églises, la plupart déjà richement dotées. — Ils gardoient ou ils rendoient, suivant qu'ils le trouvoient convenable, les esclaves et même les criminels qui étoient venus chercher un asile dans les temples chrétiens. — Les lois impériales les autorisoient à se rendre en quelque sorte tuteurs des veuves et des orphelins, — à prendre connoissance des jugemens rendus dans les tribunaux laïques, à suspendre l'exécution de ces jugemens, même à les réformer en certains cas. — Les personnes qu'ils avoient excommuniées étoient regardées comme mortes civilement, lorsqu'elles avoient laissé passer un certain temps sans faire les diligences nécessaires pour obtenir l'absolution, etc.

« Ce qui donnoit encore un plus grand poids à l'autorité dont les évêques des Gaules jouissoient dans le V^e siècle, c'est que la plupart d'entre eux ajoutoient à la considération que leur dignité leur attribuoit le crédit sans bornes qui s'acquiert par un mérite personnel éminent et reconnu de tout le monde. Nous voyons dans le martyrologe que l'Église gallicane a eu, dans le V^e et le VI^e siècle, plus d'évêques mis au nombre des saints que dans tous les autres siècles ensemble, et, dans l'histoire, que ces évêques saints ont été des citoïens courageux, capables de faire tête à toute sorte d'orages. Il n'en faut point être surpris. Comme les premiers pasteurs étoient alors choisis par leurs ouailles, plus les tems devenoient difficiles, plus les diocésains avoient attention à n'élire pour leur évêque qu'une personne capable de les défendre contre toute sorte d'ennemis. Aussi verrons-nous que *les évêques des Gaules eurent du moins autant de part à l'établissement de la monarchie françoise que l'épée de Clovis*[1]. »

Sur le rôle de l'épiscopat gallo-romain dans l'œuvre de Clovis, on voit qu'entre ces deux auteurs, — les plus compétents en la matière, — l'accord est complet. Esquissons maintenant — à main levée — l'histoire de ce prince jusqu'à sa rencontre avec l'évêque de Rennes Melanius (saint Melaine).

## IV

Childéric, roi des Franks Saliens et père de Clovis, avait eu à soutenir une lutte des plus périlleuses contre Egidius, maître des milices romaines sous l'empereur Majorien, et chef d'une des principales familles gallo-romaines de l'Auvergne. Déposé de sa royauté Salienne, jeté en exil par les intrigues d'Egidius, Childéric avait trouvé moyen, au bout de huit ans, de se rétablir dans sa dignité et

1. Dubos, *Histoire de l'établissement de la monarchie françoise*, édition 1742 in-4°, t. I, p. 14-15.

de vaincre à son tour son adversaire, mort peu après sa défaite (en 464), laissant derrière lui un fils appelé Syagrius, qui arrivé à l'âge d'homme se promit de venger son père, mais n'osa rien tenter contre Childéric.

Celui-ci mort, Syagrius, encouragé par la jeunesse de Clovis, vint s'établir (en 484) dans la partie de la deuxième Belgique restée, comme la Sénonaise, fidèle à la cause de l'Empire; il parvint à engager dans sa querelle plusieurs cités de cette deuxième Belgique, — Amiens, Vermand (Saint-Quentin), Senlis, Beauvais, Soissons, — et de cette dernière ville, où il s'était installé, il prépara ouvertement une expédition contre les Franks de Tournai. Clovis averti le prévint, le battit à plate couture sous les murs de Soissons (en 486), et soumit à son autorité les cités du parti de son rival. Il fut soutenu dans cette lutte par saint Rémi[1], dont le crédit lui concilia après la victoire la soumission des cités de la seconde Belgique (Reims et Châlons) qui n'étaient pas encore en la possession des Franks.

En revanche, les cités de la Sénonaise[2], sollicitées par Clovis de reconnaître son gouvernement, s'y refusèrent toutes; il fallut entreprendre contre elles une guerre difficile,

1. Pétigny, *Études sur l'époque Mérovingienne,* II, p. 388.

2. Sens, Auxerre, Troye, Orléans, Chartres, Paris, et Meaux.

dont le principal épisode fut le siège de Paris, qui dura cinq ans, jusqu'en 491. A cette date enfin, Paris se rendit, la Sénonaise entière se soumit, et la limite du royaume des Franks, qui six ans auparavant était sur l'Escaut, se trouva ainsi portée jusqu'à la Seine. L'heureuse fortune de Clovis avait aussi ramené sous son commandement les Franks Ripuaires et toutes les tribus saliennes; stimulé par son succès, il voulut le pousser jusqu'au bout et se mit à convoiter la domination des cités armoricaines, c'est-à-dire, du vaste territoire des provinces Lyonnaise deuxième et Lyonnaise troisième[1], formant tout l'espace compris entre la Seine, la Loire et l'Océan.

C'était là un gros morceau, mais c'était un coup de partie. Si Clovis réussissait dans cette nouvelle entreprise, le royaume des Franks, appuyé au Rhin, à la Germanie d'où il tirait sans cesse de nouvelles recrues, descendant au Sud jusqu'à la Loire, jusqu'à l'Yonne et au cours supérieur de la Seine, embrassant ainsi sous son pouvoir près de la moitié de la Gaule, la nation des Franks pouvait se flatter d'arriver à la possession de tout le continent gaulois; elle devenait capable de lutter contre les Wisigoths et les Burgondes, et de renverser cette double domination pour y substituer la sienne. Si au contraire ils restaient relégués

1. La Lyonnaise deuxième répond à la Normandie actuelle; la troisième à la Touraine, à l'Anjou, au Maine et à la Bretagne.

sur la rive droite de la Seine, cantonnés dans un étroit espace, les Franks se verraient réduits à garder un état d'infériorité marquée et tout à fait subalterne vis à vis des deux autres royaumes barbares de la Gaule, et n'éviteraient pas d'être tôt ou tard absorbés par l'un de ces derniers.

Ainsi, la question de savoir si la monarchie des Franks s'étendrait un jour à toute la Gaule — c'est-à-dire, si la nation française serait ou ne serait pas, — la solution de cette question dépendait entièrement, on peut le dire, de l'accession du territoire des cités armoricaines au royaume de Clovis.

## V

Ce résultat ne semblait pas aisé à atteindre. Les cités armoricaines s'étaient séparées de l'Empire en 409 et avaient formé pendant longtemps une sorte de confédération indépendante; elles étaient devenues ensuite, depuis une trentaine d'années, les alliées, les soutiens fidèles de la puissance impériale contre les progrès menaçants des nations barbares et ariennes qui s'étendaient de plus en plus dans les Gaules. Mais comme elles savaient se défendre et se gouverner elles-mêmes, la suppression de la préfecture d'Arles, la chute de l'Empire d'Occident ne les déconcertèrent pas, et comme elles n'aimaient pas plus les barbares païens que les barbares ariens, elles firent tête contre les Franks avec tout autant de résolution que contre les Wisigoths et les Burgondes.

Malgré leur bravoure exaltée par leurs récentes victoires, malgré l'habileté de leur chef, les guerriers de Clovis ne parvinrent pas à subjuguer les cités armoricaines.

« Les Franks » — nous dit un auteur contemporain et bien informé[1] — « les Franks « voulurent soumettre les Armoricains, et « voyant ces populations privées de secours, « leur ancien gouvernement renversé, ils es- « péraient y réussir facilement. Mais les Armo- « ricains, qui avaient servi la cause romaine « avec courage et fidélité, montrèrent encore « une grande valeur dans cette guerre. Ne « pouvant les réduire par la force, les Franks « se résolurent à fraterniser avec eux et leur « offrirent une alliance mutuelle. *Proposition « que les Armoricains acceptèrent volontiers, « parce que les deux peuples étaient chré- « tiens :* unis ainsi en un seul corps de na- « tion, ils acquirent une grande puissance. »

On le voit, c'est la conversion de Clovis au christianisme (en 496) qui lui donna tout ce grand et riche territoire de la deuxième et de la troisième Lyonnaise. Les cités armoricaines

1. Procope, *De Bell. Goth.*, I, 12. Dans ce passage de Procope le nom de *Germains* désigne certainement les Franks, c'est admis par tout le monde; Voir Pétigny, *Etudes sur l'époque Mérovingienne*, II, 396.

avaient bravement résisté six années durant (491-496) à ses attaques; le baptême de Clovis les détermina à cesser leur résistance et reconnaître volontairement son autorité.

Clovis était alors en effet le seul souverain catholique orthodoxe de l'Occident, tous les autres rois barbares étant ariens, sectaires, plus ou moins persécuteurs de l'orthodoxie. La conversion au catholicisme d'un roi jeune, vaillant, entreprenant, fut célébrée par les orthodoxes — c'est-à-dire, en Gaule, par tous les chrétiens, par la population tout entière moins les Goths et les Burgondes — comme un grand triomphe : « Votre foi est notre vic-« toire; vous êtes l'arbitre choisi pour notre « siècle par la Providence; vous êtes la lu-« mière de l'Occident, » lui écrivaient les évêques gallo-romains[1]. Et de Rome le pape le saluait en ces termes : « Soyez notre cou-« ronne. L'Église se félicite d'avoir enfanté « à Dieu un si grand roi; continuez de réjouir « son cœur maternel; soyez pour la soutenir « une colonne de fer, et elle vous donnera « victoire sur tous vos ennemis[2]. »

L'antipathie contre l'hérésie arienne et contre ses fauteurs, la crainte d'avoir à subir leur domination, c'est là surtout ce qui avait

1. « Vestra fides nostra victoria est. » (Aviti episcopi Viennensis, epist. XLI.) S. Avit, auteur de cette lettre, était évêque de Vienne, dans le royaume des Burgondes.

2. Anastasii II Papæ epist.

poussé, dans la seconde moitié du Ve siècle, les cités armoricaines à se rallier à la cause de l'Empire. La conversion de Clovis, qui donnait aux catholiques contre l'arianisme un champion d'une valeur incomparable, inspira donc forcément aux évêques de ces cités les mêmes sentiments qu'au pape et aux autres évêques gallo-romains. Mais, pour la cause de l'orthodoxie les prélats armoricains pouvaient, en cette circonstance, plus que tous les autres évêques et que le pape lui-même. D'un coup, au nouveau champion de cette cause ils pouvaient donner tout le territoire d'entre Seine, Loire et Océan, ce qui le rendrait maître de la moitié de la Gaule et le mettrait en position d'engager très-avantageusement, à la première occasion, la lutte contre les monarchies ariennes des Wisigoths et des Bourguignons.

## VI

Les évêques armoricains pouvaient, s'ils le jugeaient à propos, assurer ce résultat : car, nous l'avons vu, depuis la chute de l'empire d'Occident, dans les provinces de la Gaule non soumises aux barbares les véritables chefs du gouvernement c'était les évêques. Et cela, plus encore qu'ailleurs, peut-être, dans les Lyonnaises IIe et IIIe, parce que les cités de ces deux provinces étaient, depuis près d'un siècle (depuis 409), habituées à un régime de gouvernement autonomique dans lequel l'évêque, comme premier personnage de la cité, avait forcément la principale influence et la direction maîtresse des affaires. Ce qu'explique très-bien l'abbé Dubos :

« Au défaut (dit-il) des magistrats institués ou désignés par le prince, c'est à ses premiers sujets de se mettre à la tête du gouvernement. Les évêques des Gaules étoient, chacun dans sa cité, le premier citoïen. C'étoit donc à eux d'exercer, au défaut de magistrats institués ou désignés par le prince, les droits appartenant à la société dont ils étoient la première personne. Ainsi c'étoit à nos prélats de présider à l'administration temporelle de leurs diocèses..... Voilà pourquoi plusieurs évêques saints, qui ont vécu dans le V<sup>e</sup> siècle et dans le VI<sup>e</sup>, sont entrés dans tous les projets et toutes les négociations qui se firent alors pour rétablir l'ordre ou pour prévenir l'anarchie. Voilà pourquoi ils font une si grande figure dans l'histoire de l'établissement de la monarchie françoise[1]. »

Donc, si après une victorieuse résistance de six années aux armes de Clovis les cités armoricaines consentirent à prendre ce prince pour roi et à faire avec les Franks une seule nation, il faut certainement voir dans ce résultat la pensée, la volonté, l'action des évêques de ces cités. Et puisque c'est là vraiment

1. Dubos, *Hist. de l'établissement de la monarchie françoise*, 1742, in-4°, tome I, p. 222.

— nous l'avons montré plus haut — l'acte décisif qui a rendu possible, certaine, inévitable la domination de Clovis sur les Gaules, c'est-à-dire, nous le répétons, la fondation de la monarchie et de la nation française, une telle œuvre, apparemment, vaut bien la peine qu'on cherche les noms de ses auteurs.

Malheureusement les catalogues épiscopaux des divers sièges de cette partie de la Gaule ont à cette époque beaucoup de lacunes, d'obscurité et d'incertitude. Nous ne trouvons dans les II^e^ et III^e^ Lyonnaises que deux évêques dont l'histoire ait conservé le souvenir comme ayant joué un rôle dans ce grand évènement.

L'un est l'évêque métropolitain de Tours, Volusianus, qui, d'après l'*Histoire* de son illustre successeur Grégoire de Tours, siégea sept ans, de 491 à 498. Comme le royaume des Wisigoths s'étendait jusqu'à la Loire, la partie de la Touraine située au Sud de ce fleuve et la ville de Tours elle-même en faisaient partie : circonstance qui gêna fort Volusianus, sans l'empêcher toutefois de s'employer de son mieux à étendre la puissance de Clovis, au point que les Wisigoths le soupçonnèrent de conspirer contre leur domination dans le but de faire passer Tours sous celle des Franks. Aussi le roi wisigoth Alaric chassa ce prélat de son siège en 498 et l'envoya en exil à Toulouse, où il mourut peu après[1].

1. Gregorii Turonensis, *Histor. Francor.* lib. II,

L'autre évêque, libre, lui, de toute entrave, et dont l'action décisive procura la réunion des cités armoricaines au royaume de Clovis, ce fut l'évêque de Rennes, — ce fut saint Melaine.

## VII

Parmi les évêques des cités armoricaines dont on peut placer l'épiscopat vers la fin du Ve siècle, un seul est mentionné dans les documents de l'histoire comme ayant eu des relations avec Clovis : c'est saint Melaine. Voici ce qu'en dit son biographe, qui écrivait cinquante ou soixante ans environ après la mort du saint, c'est-à-dire vers la fin du VIe siècle ou le commencement du VIIe.

« Melanius regardait le fardeau de l'épisco-
« pat qu'on lui avait imposé comme *l'obligeant*
« *à s'occuper des affaires publiques, à s'in-*
« *quiéter des soucis de la foule, des questions*
« *qui troublaient le monde,* à se prêter dans
« une certaine mesure aux mœurs du siècle.
« Parmi ses supérieurs, ses inférieurs, ses
« égaux, personne ne savait aussi bien que
« lui gagner par son éloquence tous ceux
« avec qui il s'entretenait. Ces précieuses qua-
« lités le firent connaître de Clovis, le roi des
« Franks, qui trouva en Melanius un coura-
« geux conseiller[1]. »

cap. 26, et l. X, c. 31, catalogue des évêques de Tours, où il occupe la septième place.

1. « Reputabat quidem secum (S. Melanius) onus

Quoique la chronologie de la vie de saint Melaine ne soit pas sans difficultés, deux points au moins sont certains : c'est que, d'une part, il assista au concile d'Orléans de l'an 511, et de l'autre, qu'il fut, pour une période plus ou moins longue de son épiscopat, contemporain de Victurius II, évêque du Mans, mort en 490[1].

Ainsi, Melanius était évêque de Rennes de 491 à 496, pendant la guerre de Clovis contre les cités armoricaines ; et en effet quand on voit son biographe ranger parmi les charges de l'épiscopat l'obligation de s'occuper des « affaires publiques, » des questions « qui troublent la foule et qui agitent le monde, » cela désigne absolument cette époque, ou (comme dit très bien Dubos) cet « interrègne » placé entre la chute de l'Empire et l'avènement de la monarchie des Franks, pendant lequel le gouvernement des cités armori-

pastorale sibi injunctum, ut qui prius fuerat custos sui, postmodum foret *speculator publicæ utilitatis*; qui paucorum fugerat conventum, *implicaretur curis plurimorum, irretiretur nexibus mundialium sollicitudinum*, et aliquantisper obsecondaret cosmi moribus. In tantum vero erat aptissimus seniorium et coæqualium et subjectorum, ut eloquentia sua placeret omnibus sibi colloquentibus... His et hujuscemodi virtutibus pollens, Clodoveo regi Francorum fit cognitus, et ejus strenuus efficitur consiliarius. » (*Vit. S. Melanii*, § 6, dans Boll. Januar. I, p. 328-329.)

1. Voir *Gall. Christ.* XIV, 342-343.

caines tomba par la force des choses aux mains des évêques, et le biographe exprime très bien cette situation : les évêques ne recherchant pas cette prérogative, mais la subissant, pour préserver les peuples de l'anarchie. Et quand il ajoute que par le charme de sa parole saint Melaine gagnait tout le monde, grands et petits, comment ne pas reconnaître en lui l'habile négociateur du traité qui, après la conversion de Clovis, unit en un seul peuple sous le sceptre de ce prince, pour le plus grand bien de la Gaule et de l'Église, les Gallo-Armoricains et les Franks? Sans doute il ne fut pas seul, il ne fit pas tout, les autres évêques armoricains eurent leur part dans cette œuvre; mais puisqu'il est le seul d'entre eux dont le nom en cette circonstance est resté lié à celui de Clovis, le seul qualifié « conseiller » de ce prince et, vu la difficulté des circonstances, « conseiller dévoué et courageux *(strenuus),* » cela montre tout au moins en lui l'initiateur, le premier et principal agent de cet évènement capital, sans lequel la France ne serait pas.

## VIII

Clovis le reconnut si bien et lui en garda tant de gratitude que pendant tout son règne, surtout dans les affaires religieuses, dans les questions de morale et de justice, il continua de demander et de suivre ses instructions :

« Par les conseils de Melanius (dit le bio-
« graphe de notre saint) Clovis construisit
« grand nombre d'églises nouvelles, releva
« celles qui étaient en ruines, érigea avec
« grand soin plusieurs monastères, combla
« d'honneurs les serviteurs de Dieu, de quel-
« que ordre qu'ils fussent, et travailla con-
« stamment à développer le culte. Par ses
« conseils aussi et sur ses avertissements, il
« soulagea très abondamment la misère des
« pauvres et rendit exactement la justice à
« ses peuples [1]. »

Enfin, en l'an 511, la dernière année de son règne, Clovis, maître de la Gaule par la conquête du royaume des Wisigoths, par l'abaissement de celui des Burgondes qu'il avait contraints à respecter le culte et la liberté des catholiques; Clovis au faîte de la gloire voulut couronner son œuvre en consacrant dans une solennelle assemblée les conditions définitives de l'alliance entre l'Eglise catholique et la monarchie des Franks, — alliance d'où est sortie non pas seulement, comme on le dit ordinairement, la monarchie française, mais la France elle-même dans son essence. Il convoqua donc à Orléans, dans un concile national, tous les évêques de son royaume.

« Ce concile d'Orléans (dit le savant auteur des *Etudes sur l'époque mérovingienne*) fut un triomphe pour l'Eglise catholique, car un de ses principaux objets était de régler les con-

1. *Vit. S. Melan*. 56, dans Boll. Jan. I, 329.

séquence des victoires récentes de la foi orthodoxe et de partager les dépouilles de l'arianisme vaincu... Dans cette assemblée, une union intime, cimentée par la reconnaissance et par la communauté des sentiments et des principes, rattache le clergé catholique au roi des Franks, qui s'honore du titre de fils de l'Église. Le trône et l'autel ne sont plus séparés; les deux pouvoirs marchent d'accord vers un même but et règlent de concert les intérêts moraux et les intérêts matériels des peuples[1]... Presque tous les évêques de la Gaule, au Ve siècle, ont été mis au rang des saints, honorés d'un culte public, et l'on sait que la voix du peuple décernait alors les palmes de la canonisation. Quel était donc sur l'esprit de leurs contemporains l'influence de ces hommes, dont les paroles étaient écoutées comme des oracles pendant leur vie et auxquels on élevait des autels après leur mort! Dans quel lieu, dans quel temps trouvera-t-on des assemblées représentatives composées de pareils éléments, et qui aient dominé à ce point, par la seule force de la persuasion, les opinions et les consciences[2]! »

Cette grande et puissante assemblée, dont les délibérations eurent des conséquences si importantes pour les destinées de la nation,

1. Pétigny, *Études sur l'histoire, les lois et les institutions de l'époque mérovingienne*, II, p. 555, 559-560.

2. Id. *Ibid.* p. 557-558.

fut présidée par l'évêque métropolitain de Bordeaux; mais l'âme, le directeur véritable du concile, l'inspirateur de ses décisions, ce fut l'évêque de Rennes, ce fut saint Melaine. Là-dessus nul doute. Voici d'abord le témoignage de son biographe :

« Le roi Clovis ayant réuni à Orléans un « concile composé de trente-deux évêques, « pour réfuter les objections des hérétiques « (des ariens) et pour proclamer les véritables « maximes de la foi catholique, saint Melaine « y brilla comme le chef éminent de toute « l'assemblée, ainsi qu'en témoigne la préface « même de ce concile[1]. »

Les canons du concile d'Orléans existent encore, au moins en partie, les actes et la préface sont perdus. Mais le fait signalé ici par la Vie de saint Melaine n'est point une exagération du biographe. Il est attesté par la tradition de l'Église des Gaules. Un catalogue historique des conciles tenus dans ce pays jusqu'au VIIIe siècle mentionne celui d'Orléans, de l'an 511, en ces termes :

« Le dix-huitième concile fut celui d'Or-

1. « Denique reperitur quod idem rex (Clodoveus) in Aurelianensi civitate congregavit synodum triginta duorum episcoporum : *quorum omnium,* in refellendis hæreticorum objectionibus atque in constituendis catholicæ fidei sanissimis sententiis, sicut in præfatione ejusdem concilii habetur insertum, sanctus Melanius, Redonensis episcopus, *velut quidam strenuus signifer ènituit.* » *(Vit. S. Melan.* § 7, dans Boll. Jan. I, p. 329.)

« léans, où trente et un pères décrétèrent des « canons *dont le principal auteur fut Melanius, évêque de Rennes*[1]. »

## IX

Si saint Melaine s'était borné à ménager, en 496, le traité qui fit un seul peuple des Gallo-Armoricains et des Franks, et rendit dominante dans toute la Gaule la puissance de Clovis, cet acte suffirait déjà à révéler en lui un grand homme d'état.

Mais il fit bien plus, on vient de le voir : pendant tout le règne du roi frank il garda sur lui une influence prépondérante, il en usa pour maintenir, pour développer constamment la politique de ce prince dans le sens d'une alliance intime avec le catholicisme : alliance qui, unissant en un seul faisceau la plus grande force morale et la plus grande force militaire existant dans les Gaules, mit tout ce pays, de son plein gré, sous la main de Clovis et fonda sur une base inébranlable,

1. « Octa decima (synodus) Aurelianensis, in qua patres XXXI statuerunt canones, quorum auctor maxime Melanius, Redonensis episcopus, extitit. » (*Adnotatio de synodis*, publiée par le Dr Woldemart Lippert dans le recueil *Neues Archiv der Gesellschaft für altere deutsche Geschichskunde* etc., vol. XIV, 1re livraison; Hanovre 1888, p. 28.)

non seulement la monarchie des Franks, mais la nation française.

Donc, l'œuvre politique de saint Melaine, celle dans laquelle il eut une part essentielle, capitale et décisive, c'est — simplement — LA CRÉATION DE LA FRANCE.

Et c'est ce grand patriote, ce grand évêque — qui dépensa (je le montrerai un autre jour) tous les trésors de son âme, de son intelligence et de sa charité pour la ville et pour le diocèse de Rennes — c'est lui qu'on met, dans Rennes même, à la porte de chez lui comme un intrus !

Certainement, on n'a pas eu conscience de ce qu'on faisait; une telle injustice ne peut durer[1]...

En attendant la réparation nécessaire, si j'étais maire de Rennes, je ferais un coup d'autorité.

Puisque la mode est aux laïcisations, je *laïciserais* saint Melaine.

Laissant à qui de droit le soin d'honorer convenablement le bienheureux, je m'emparerais du patriote, du grand homme d'Etat; je lui dresserais sur la place qui précède son église une belle statue avec cette inscription :

1. On m'assure de bonne source que, dans cette église qui malgré tout *en droit* restera la sienne mais dont on l'a dépouillé, saint Melaine, à l'heure qu'il est, n'a pas une chapelle, pas même la moindre statue.....

## A SAINT MELAINE
## L'UN DES PREMIERS FONDATEURS
## DE LA NATION FRANÇAISE.

N'étant ni maire ni évêque, n'ayant à ma disposition ni bronze ni église, je veux du moins élever à ce grand homme injustement méconnu un monument en papier.

Je veux rappeler ses actes, son dévouement, son grand cœur, protester énergiquement contre l'ingratitude dont on l'accable.....

Car l'histoire n'est point pour moi une lettre morte; la solidarité entre les descendants et les ancêtres n'est point à mes yeux une vaine fiction : quand j'entends ceux-ci accuser du fond de leur tombe l'ingrat oubli où ceux-là trop souvent les laissent pourrir, je ne puis m'empêcher de faire écho à leur plainte et de crier à la génération actuelle, comme je l'ai fait d'un bout à l'autre de cette étude : *Père et mère honoreras!*

# MONSEIGNEUR BOUCHÉ

## ÉVÊQUE DE SAINT-BRIEUC

## ET SA CORRESPONDANCE[1]

Au cours des belles fêtes qui réjouissaient, en septembre 1890, la vieille ville de Tréguer, entre deux offices, un groupe de pèlerins contemplait le nouveau tombeau de saint Yves; dans ce groupe un étranger, ayant tout examiné avec le plus grand soin, se tourna vers un de ses voisins :

— Qui a fait faire ce tombeau? demanda-t-il tout d'un coup.

— Mgr Bouché, le prédécesseur de Mgr Fallières, actuellement évêque de Saint-Brieuc.

— Ce Mgr Bouché, reprit l'étranger, devait être un homme remarquable : un homme ordinaire n'aurait ni conçu ni mené à bien un

1. *A la mémoire de Mgr Bouché. Lettres et documents inédits*, publiés par M. Robert Oheix, et suivis d'une lettre de l'éditeur à Mgr Bouché. Vannes, Lafolye, 1889. In-8° de 316 pages.

tel monument. Il existe sans doute une biographie de Mgr Bouché; je voudrais bien la lire.

Sur cette question, réponse négative, désappointement de l étranger.

Pareille question et pareille réponse se sont, à notre connaissance, souvent produites pendant les fêtes de Tréguer; pareil désir sera ressenti et exprimé par tous ceux-là (sans parler des autres) qui visiteront l'œuvre de Mgr Bouché, l'admirable tombeau de saint Yves.

M. Robert Oheix a donc été très heureusement inspiré en publiant le volume dont on lit le titre ci-dessus, qui donne, dans une mesure assez large, satisfaction à ce désir. Ce n'est pourtant point une biographie du vénéré et regretté prélat; c'est simplement un recueil tiré de sa correspondance, et dans ce recueil ce qui paraît le moins, c'est l'évêque.

L'évêque, M. Oheix a voulu le réserver pour la biographie proprement dite du personnage, pour cette *Vie* complète qu'il annonce dans sa préface; là, il nous fera connaître en détail les actes, les œuvres, les travaux de l'épiscopat de Mgr Bouché, ses sentiments pour son clergé, pour son peuple, les projets qu'il formait en leur faveur.

Dans le présent volume, comme dans tous les recueils où domine la correspondance, c'est l'homme qui se montre sans apprêt, dans la simplicité familière et naturelle de son caractère, et ici c'est surtout l'homme avant son épiscopat. Encore manque-t-il bien des traits et non des moins agréables, à cette physionomie; plus d'un correspondant, interpellé par M. Oheix, a dû répondre, avec un des meilleurs amis du prélat : « Ce si gracieux et si « aimable monseigneur m'a écrit des lettres « délicieuses et intimes, que je regrette vive- « ment de n'avoir pas conservées » (p. 192).

Tel qu'il est, si ce livre tombe aux mains de l'étranger que je citais en commençant, il y trouvera la confirmation de son opinion et répètera certainement après l'avoir lu : Mgr Bouché était un homme remarquable.

Oui, remarquable, éminent par la générosité de son cœur, la finesse de son esprit, l'élévation de son intelligence, l'ardeur, la solidité et la largeur de sa foi, la force et la sérénité de son caractère; un homme qui consacra son existence à défendre les plus hautes, les plus nobles causes, la religion et la patrie, la France et la Bretagne, et qui, dans l'habitude de la vie, conserva par toute fortune une gaieté, une égalité, une bonne humeur inaltérables.

Dès l'ouverture du volume, deux morceaux semblables à des fragments de mémoires personnels, mettent en relief et en contraste les traits essentiels, les côtés originaux de cette riche nature.

Le jeune Bouché n'a encore que vingt à vingt-deux ans, il étudie la médecine, car il commença par là. A Paris, dans le service de l'Hôtel-Dieu, il rencontre un malheureux

Polonais qui, après de rudes infortunes, a été forcé de s'expatrier, qui meurt là d'un mal cruel, loin de sa terre natale, loin de sa famille dont l'absence le désespère, mais qui, contre tant de douleurs poignantes, trouve le moyen de garder une constance, une sérénité admirables, par sa confiance en Dieu. Ce spectacle remue jusqu'au fond de l'âme le jeune étudiant : « Je compris alors, dit-il, la force « surnaturelle du sentiment religieux, cette « force invincible qui fait les martyrs. Il y « avait dans cette sublime résignation quelque « chose de si beau et de si saint, que je n'y « pus tenir, je pleurai ! » (p. 5.)

Quelques mois après, il est en vacances en Bretagne, à Rostrenen. Dans un grand bois du côté de Kergrist s'organise, sur la demande des paysans, une chasse au loup. « De toutes « les petites villes voisines arrivèrent au « rendez-vous de bruyants essaims de chas- « seurs, armés les uns d'élégants fusils à deux « coups (c'était le petit nombre), les autres « de véritables rouillardes, dangereuses seu- « lement pour l'infortuné qui s'en serait « servi ; d'autres portaient les vieilles cara- « bines avec lesquelles leurs grands-pères « étaient allés à l'affût des *bleus;* à côté, il y « avait des fusils de gardes nationaux et « même quelques uniformes de cette hono- « rable milice. » Parmi ces chasseurs, bon nombre d'avocats et gens de justice de diverses robes. On se met à l'affût. On attendait des loups : c'est un sanglier qui vient, une bête énorme ; il met en fuite tout le quartier des avocats, sauf un seul, qui, serré de trop près, tire au hasard, puis tombe à plat ventre, le nez en terre, et se croyant dévoré par l'animal, crie à tue-tête du ton le plus lamentable : « A moi ! à moi ! au secours ! Il m'éventre, je suis mort ! » Quand on arrive à ces cris, on trouve d'un côté ce prétendu mort parfaitement vivant, pas même une égratignure, et à dix pas de lui, parfaitement mort, son prétendu bourreau le sanglier, qu'il avait tué sans s'en douter. L'avocat alors se relève et pose en triomphateur. — Tout cela est conté avec un entrain et une verve très amusante.

Eugène Bouché laissa la médecine à vingt-deux ans (en 1852) et entra au séminaire. En 1856, il était vicaire à Ploubazlanec où il resta trois ans, puis fut nommé, en 1859, aumônier de marine. De juillet 1859 à décembre 1866, c'est-à-dire pendant plus de sept années, il fut constamment sur mer ou aux colonies, notamment en Cochinchine. Chevalier de la Légion-d'Honneur en août 1866, il fut appelé à Paris au commencement de l'année suivante près de l'Aumônerie générale, pour y remplir les fonctions d'aumônier adjoint à l'aumônier en chef, qui était alors un Breton, M. l'abbé Trégaro, depuis évêque de Séez. Il conserva ce poste important jusqu'à la suppression de l'aumônerie générale de la marine en 1877. Nommé aumônier de première classe en 1868, aumônier supérieur en 1874, il remplit les fonctions de ce grade près de l'escadre d'évolution, à bord du *Richelieu*, du mois de février 1877 au mois de mai de l'année suivante. A ce moment, l'emploi ayant été supprimé, il fut mis dans la position de non-activité, et quatre ans après (20 septembre 1882) promu à l'évêché de Saint-Brieuc. Il mourut à Tréguer, âgé de cinquante-huit ans, le 4 juin 1888.

Telles sont les principales lignes de cette existence si active, si bien remplie, toute consacrée à Dieu et à la patrie.

La note dominante de cette existence, le trait caractéristique de cette figure, c'est que toujours et partout, en toute circonstance, en toute fortune, Mgr Bouché fut, dans toute la force du terme, *un vrai Breton.*

Pour nous Bretons, et pour bien d'autres encore, ce n'est pas là un mince éloge; car cet éloge renferme tous les autres.

Un vrai Breton, c'est un cœur franc et loyal, un ami à toute épreuve, un esprit élevé. droit et ouvert, un bon citoyen, un bon chrétien, vivement épris de la Bretagne, de sa gloire et de ses traditions nationales, de ses vieilles mœurs, de son charme poétique et de ses fortes vertus.

Tel se montre à nous, dans toute sa correspondance, avant et depuis son épiscopat, Mgr Bouché. Sous toutes les latitudes et de tous les points du monde, de l'Afrique ou des Antilles, de la Guyane ou de la Cochinchine, de Mytho ou de Paris, toujours son souvenir, son cœur est tourné vers la Bretagne, et toujours son âme unit en une alliance intime, indissoluble, le sentiment chrétien et le sentiment breton.

En avril 1861, il est à Toulon, prêt à s'embarquer pour une longue traversée, dont les principales stations sont Ténériffe, Cayenne, la Martinique, etc. Une seule chose le préoccupe, lui est « particulièrement désagréable, » c'est qu'il ne pourra être de retour pour assister au pardon de Rostrenen (p. 20).

En 1863, de Mytho, sur le fleuve Cambodge, il écrit à son frère :

« Tu vas sans doute te trouver à Rostrenen « pour la mi-août; je serai avec vous tous, « d'esprit seulement, hélas! mais tu feras « pour moi mon pèlerinage à Notre-Dame de « Rostrenen, dont la protection, je l'espère, « ne me manquera jamais. Rends-moi le ser- « vice de faire acheter un cierge, le plus beau « qui soit à Rostrenen, et de le faire brûler « en l'honneur de Notre-Dame, le jour du « pardon. Si tu n'en trouvais pas d'assez « beau, il faudrait en mettre deux; ce serait « régulier. » (P. 24.)

Dans cette même lettre écrite le 9 juin 1863, lundi de la Pentecôte, il n'oublie point non plus les pardons de saint Maudez et de saint David[1], qui ont lieu ce jour même à Ploubazlanec et à Plouguernevel (p. 25).

En avril 1870, de Paris, il remercie une

1. Déguisé en saint Avit.

parente des bonnes nouvelles qu'elle lui donne de toute la famille :

« C'est un peu, dit-il, la dispersion d'Israël; « mais, Dieu merci, tout le monde se tire, se « débrouille, se case très convenablement. « Jérusalem, c'est-à-dire Rostrenen, reste « toujours l'objectif. Ceux que les circonstan-« ces en éloignent font tous leurs efforts pour « ne pas s'en éloigner davantage. Que d'élé-« gies je fais, moi aussi, et que de rêves! « Décidément, je ne mourrai content qu'à « l'ombre de la tour de Notre-Dame de Ros-« trenen (p. 87).

Ce sentiment si vif, si profond, des affections de famille, se retrouve avec celui de la patrie bretonne dans toutes ses lettres :

« Vous allez, » écrit-il à son frère le 13 août 1872, « vous allez, à l'occasion de la fête de « Notre-Dame (le 15 août), vous trouver tous « réunis; J***, H*** et les enfants viendront « augmenter le nombre, jamais assez grand, « des *cousins de la mi-août*. Pour moi, je serai « absent de corps seulement : par le cœur, par « la pensée, je serai à Rostrenen. Je suivrai « toutes les péripéties du pardon, aucun dé-« tail ne m'échappera, depuis la première « course de la veille jusqu'à la rentrée de la « procession, jeudi, en passant par le feu de « joie de mercredi. Je me réserve une place à « la droite du vénérable M. Le R***, qui sera « le pardonneur de cette année... » (p. 105).

Devenu évêque, une de ses premières, de ses plus constantes préoccupations sera la restauration intelligente de la vénérable église de Rostrenen et le couronnement de son antique madone. Il obtint pour elle, en 1888, cette faveur du Saint-Père, et il devait poser lui-même la couronne sur le front béni de sa chère Notre-Dame en 1891. Cette pensée, cette espérance si douce et si chère, ne le quitta qu'avec la vie, il l'exprimait encore sur son lit de mort.

On sait d'ailleurs par quelles œuvres se manifesta ce double sentiment chrétien et breton, si fort dans son cœur, et qui fut en quelque sorte la règle, on pourrait dire, la passion de toute sa vie.

Il avait formé le projet de restaurer, d'amplifier, d'illustrer, soit par de nouveaux honneurs liturgiques, soit par des monuments artistiques, les traditions, les gloires bretonnes et chrétiennes de son diocèse. Le terme si bref de son épiscopat ne lui permit pas de remplir ce programme ; mais il en a fait assez pour montrer avec quelle grandeur il l'aurait exécuté, si Dieu avait voulu prolonger le bienfait de son administration. Le monument élevé à Saint-Jacut en l'honneur du premier historien de la Bretagne, montre, par sa simplicité si originale, que l'esprit qui l'a conçu avait essentiellement horreur de la banalité et de la platitude. Quant à l'admirable tombeau de saint Yves, il proclamera à jamais le nom, la piété, le bon goût de l'évêque qui a conçu l'idée de ce chef-d'œuvre et qui en a doté la Bretagne. La correspondancé de Mgr Bouché montre combien fut grande la part de son inspiration personnelle et de sa constante sollicitude dans la conception et l'exécution de ces monuments.

Son amour pour la Bretagne n'avait cependant rien d'exclusif. Dans la première partie de sa carrière, quand du fond de l'Orient il tournait vers sa patrie, vers son foyer, un œil anxieux chargé de regret et de désir, ses rêves de bruyère armoricaine et de clocher à jour ne l'empêchaient point de prodiguer à ses marins, à ses matelots, toute l'ardeur de sa foi et de sa charité.

C'était un aumônier de marine excellent, parfaitement approprié à sa fonction, connaissant bien le marin, dont il obtenait sans peine la confiance par la bonté de son cœur, par la franchise de son caractère, et sur lequel il avait un grand empire. Si l'on veut voir avec quelle largeur d'esprit, quelle haute et pratique intelligence, quelle foi vive et éclairée il comprenait sa mission, on en aura une idée (bien imparfaite encore cependant) en lisant quelques rapports compris dans le volume de sa correspondance, notamment le rapport sur les bibliothèques de bord (p. 41), le rapport à l'amiral Courbet (p. 142), l'allocution aux officiers et matelots de la *Provence* (p. 158).

Ce n'était pas seulement à ses marins qu'il se prodiguait. Quand, dans ces lointains climats, il trouvait des missionnaires français, il mettait à leur service toutes ses ressources, il se faisait de toute façon leur auxiliaire assidu, infatigable : c'était pour lui un vrai bonheur.

Depuis, quand il fut évêque, il conserva cette sollicitude ardente pour les missions, surtout pour celles de l'Inde, de l'Indo-Chine et de l'Afrique. Patriote et chrétien comme il l'était, il avait une sympathie passionnée pour ces héros, si humbles et si grands, qui portent au bout du monde la lumière de l'Evangile et l'influence de la France. On trouvera dans le volume publié par M. Oheix de nombreuses lettres qui en témoignent, émanées, entre autres, de l'archevêque de Pondichéry (Mgr Laouénan), de l'évêque de Zanzibar, du R. P. Gernot, etc. Nous citerons seulement ici la lettre d'un missionnaire de Cochinchine (l'abbé Jean-Marie Guillou) à son frère, en 1863, au moment où, après un assez long séjour dans ce pays, l'abbé Bouché le quittait pour rentrer en France :

« Mon cher frère, je t'écris le cœur navré : « le bon abbé Bouché part sans crier gare ; il « rentre en France. Ah ! quel cœur ! Pendant « ces quelques mois qu'il a passés auprès de « moi, tout ce qu'il avait était à ma disposi- « tion, ses habits, sa bourse, son crédit. Il « était pour moi un frère, une sœur, un père, « une mère ; en un mot, il vous remplaçait « tous près de moi. Tu le sauras quand tu le « connaîtras, ce cœur d'or. Ah ! je n'ai pas la « force de t'en écrire plus long, tant j'ai le « cœur gros... C'est étonnant, n'est-ce pas,

« une telle sensibilité chez un missionnaire « qui a tout sacrifié, tout quitté? Oui; mais « j'espère que Dieu me pardonnera : on ren- « contre si peu de ces cœurs! Je n'ai pu le « remercier, mais tu me remplaceras. Tu le « feras pour moi, n'est-ce pas, cher frère. Tu « le recevras, tu le traiteras comme un frère, « un père, une mère; enfin, tu feras de ton « mieux pour le remercier du bien qu'il a fait « à un pauvre missionnaire. » (P. 30-31.)

Ce n'est pas un cœur banal, ce n'est pas une bonté ordinaire qui provoque de tels élans de reconnaissance; pareil enthousiasme ne peut être suscité, comme écrit le bon missionnaire, que par *un cœur d'or*.

Je l'ai dit au commencement de cette notice, nous n'avons point à nous occuper ici des actes épiscopaux de Mgr Bouché, parce que ce n'est pas l'évêque qui paraît dans ce recueil de correspondance; même après son avènement à l'évêché, c'est de l'homme seulement qu'il s'agit.

Nous laisserons donc de côté les *Mandements* de Mgr Bouché malgré les touches d'une vigoureuse éloquence qu'on y rencontre souvent, et aussi ses *Avis au clergé* pendant les retraites ecclésiastiques de 1883, 1884, 1885, 1886, 1887, malgré le soin avec lequel ils sont composés (p. 281); nous ne dirons rien de ses *Discours familiers* aux religieuses, mentionnés avec détail par un correspondant de M. Oheix (p. 281), et qui, selon ce correspondant dont la parole est fort compétente, lavent complètement Mgr Bouché du reproche injuste « d'avoir trop sacrifié les maisons reli- « gieuses, les monastères, aux paroisses et aux « œuvres dites extérieures, » alors qu'en réalité « il ne sacrifiait aucune partie de son devoir, » et qu'il « faisait les visites canoniques avec « discrétion sans doute, mais avec un soin « tout particulier, » attesté par les documents ci-dessus.

Nous laissons tout cela, mais nous devons dire quelques mots de quatre morceaux oratoires compris dans notre recueil de correspondance, et qui, sauf un, se rapportent à une époque antérieure à l'épiscopat de Mgr Bouché, savoir : 1° une allocution prononcée à Rostrenen, en 1876, en remettant à M. Le Hir, instituteur, la croix de la Légion-d'Honneur (p. 115); 2° un sermon prêché la même année chez les Filles du Saint-Esprit, à Saint-Brieuc (p. 120); 3° allocution au pardon de N.-D. de Rostrenen en 1880 (p. 167); 4° paroles prononcées, en 1883, dans l'église de Saint-Lormel au service de M. Rioust de l'Argentaye (p. 202).

Ce ne sont que des esquisses, jetées à la hâte sur des brouillons qui n'ont même pas été mis au net et où on a eu peine à les déchiffrer. Une révision attentive en eût fait sans peine quatre petits chefs-d'œuvre. Dans l'état d'imperfection relative où les a laissés l'insouciance trop modeste de leur auteur, ce sont quatre morceaux excellents, où se rencontrent de vraies perles, dont je veux, au moins, signaler quelques-unes.

Dans l'oraison funèbre de M. de l'Argentaye, M. Oheix a déjà noté cette haute pensée, si vraie, si bien exprimée :

« Une leçon sort de tout cercueil, une leçon « s'en dégage toujours. S'il est, hélas ! des « existences qu'on n'ose remuer de crainte « d'en faire sortir des miasmes fétides, il en « est d'autres, grâce à Dieu, qu'on ne craint « pas de repasser en quelque sorte feuille à « feuille, car de chacune d'elles s'exhale un « parfum agréable et fortifiant, qui embaume « et qui vivifie. » (P. 204.)

L'allocution pour la croix d'honneur de M. Le Hir, qui avait été le premier maître de Mgr Bouché, contient de curieuses anecdotes très joliment contées sur cette école de Rostrenen où l'on enseignait le meilleur français de Bretagne, même un peu de latin, mais dont les latinistes erraient parfois dans les formations plurielles (p. 124-127). A côté de cela des pensées très justes, très fines, même très profondes sur les qualités indispensables chez le maître pour réussir dans l'enseignement des élèves.

Dans l'allocution du pardon de Rostrenen, l'abbé Bouché exulte :

« C'est un grand honneur ; mieux qu'un « honneur, c'est un grand bonheur pour un « enfant de notre humble cité de présider à « pareil jour la solennité qui nous rassemble

« aux pieds de l'image miraculeuse de notre « glorieuse patronne... Pour nous, enfants de « Rostrenen, cette fête de la Mi-août a un « double caractère, elle est religieuse et pa- « triotique. La religion, l'amour du pays « natal y ont une part égale. » (P. 167-168.)

Puis il conte avec charme la légende de la madone rostrénienne, en lui composant une auréole de tous les souvenirs historiques du pays, et il termine par cette suave péroraison dans le goût naïvement exquis de Fra Angelico :

« O Notre-Dame de Rostrenen, notre pa- « tronne et notre mère, abaissez sur nous vos « yeux, que nous avons appris à connaître, « ces yeux si doux, si pleins de miséricorde, « ces yeux qui calment la douleur, qui versent « la joie et la consolation, *illos tuos miseri- « cordes oculos!* Abaissez-les sur cette petite « ville qui vous aime toujours avec transport. « Pendant six siècles, nos pères vous ont in- « voquée, et vous avez été pour eux bonne et « compatissante. Sainte patronne, continuez- « nous le cours de vos miséricordes; comme « nos pères, nous vous honorons, nous vous « prions, nous vous invoquons. Quand Dieu « nous aura rappelés à lui, d'autres vien- « dront après nous, animés du même respect « et du même amour! » (P. 175-176.)

Le sermon pour les Filles du Saint-Esprit est le plus achevé des quatre morceaux. Là presque rien à reprendre ni à retoucher. C'est le tableau fidèle et vivement peint des origines de cette communauté, de l'esprit dont elle est animée et des bienfaits qu'elle répand.

Toujours Breton, l'orateur se plaît à montrer que l'œuvre est toute bretonne : « Une « grande congrégation bretonne qui couvre « de ses bienfaits la presqu'île armoricaine « tout entière, une des institutions les plus « utiles de la Bretagne » (p. 130). Le but de cet institut, c'est de soigner les malades, de soigner et d'instruire les enfants. L'orateur nous montre tous les efforts de l'Eglise catholique pour soulager ces misères :

« L'enfant naît faible, dénué de tout. Le « christianisme a beaucoup fait pour l'aider et « le secourir. Il a presque créé le *père,* le « père au vrai cœur paternel. Il a trouvé « moyen de donner à la mère elle-même « une tendresse plus vive, plus inquiète, plus « passionnée. Il a placé sur les autels le type « incomparable de la femme : une jeune mère « pressant son fils entre ses bras, la très sainte « et très auguste Marie, vierge et mère. » (P. 134-135).

Et après une vive énumération des œuvres créées par la religion chrétienne en faveur des enfants pauvres (hospices des enfants trouvés, crèches, asiles, etc.), il pousse ce cri :

« O sainte Eglise catholique, que vous mé-« ritez bien le nom de Mère! Qui a, comme « vous, des mamelles gonflées de lait pour le « petit enfant au berceau? Qui a, comme vous, « un ample giron pour ces innombrables in-« nocents qui se pressent dans vos bras? Oh!

« soyez bénie, fille de Dieu, providence de « tout ce qui pleure et souffre dans le monde! » (P. 135.)

Si ce n'est pas là de l'éloquence et de la meilleure — haute, sobre, émouvante — je demande ce que c'est. Notez enfin que dans ces quatre morceaux le style est toujours élégant et pur, vif et entraînant.

Ainsi, un orateur éloquent d'une haute distinction, — un cœur d'or, — un vrai Breton, avec toutes les qualités que ce mot comporte, — voilà l'homme, le caractère, le personnage que nous montrent en Mgr Bouché les *Lettres et documents inédits* recueillis et publiés par M. Oheix.

Je n'ai parlé jusqu'ici que du livre et de son héros, je n'ai rien dit de l'éditeur. Parce que celui-ci est mon ami, cela ne m'empêcherait pas assurément d'écrire ici de lui tout le bien que j'en pense, mais cela pourrait inciter le lecteur « malin » à douter, sinon de la sincérité, du moins de la sûreté de mon jugement.

Je me borne donc à dire à ceux qui veulent connaître l'éditeur, la trempe de son caractère, la finesse de son esprit et celle de son style alerte et vif, je me borne à leur conseiller de lire ou plutôt de déguster la lettre adressée par lui, comme conclusion du volume, « *A Sa Grandeur Mgr Bouché, en son vivant évêque de Saint-Brieuc et Tréguier* » (p. 297 à 307). Si ce morceau ne leur agrée pas, ils seront bien difficiles.

# TABLE

—





Rennes. — Imp. Eugène Prost.

www.ingramcontent.com/pod-product-compliance
Ingram Content Group UK Ltd.
Pitfield, Milton Keynes, MK11 3LW, UK
UKHW020150200726
13856UKWH00003B/922